Anne Cortey

Les désaccordés

Illustrations de Cyril Pedrosa

l'école des loisirs
11, rue de Sèvres, Paris 6e

De la même autrice à *l'école des loisirs*

Collection Mouche

Entre les gouttes
Le chemin de Léonie

Collection Neuf

La vie en rouge

Collection Médium

En émois

Loi n° 49.956 du 16 juillet 1949 sur les publications
destinées à la jeunesse : janvier 2023
Dépôt légal : janvier 2023
Imprimé en France par Clerc
à Saint-Amand-Montrond

ISBN 978-2-211-31663-7

À Vincent, mon très grand ami, mon premier lecteur.

1

Aujourd'hui, 7 janvier, c'est reparti pour un tour. La rentrée des classes ! C'est le moment qu'on aurait voulu repousser un peu, histoire de rester sous la couette et d'attendre que l'hiver passe. Bien sûr, ça ne marche jamais. On doit sortir du lit et affronter l'air glacé des matins d'hiver.

Mais pour moi, qui viens juste de déménager, c'est aussi une rentrée vers l'inconnu. Ma deuxième de l'année scolaire en cours. Il faut dire que c'est un peu la spécialité de la maison, à cause de mon père qui change tout le temps de boulot. Du coup, on déménage, et moi, bien sûr, je change de collège. Ça n'a pas toujours été simple. Au début surtout. Je m'attachais à mes nouveaux amis et je devais m'en arracher peu de temps après. Au fil du temps, ces rentrées sont devenues banales. Je crois bien que je suis maintenant une vraie nomade.

Il paraît que déménager fortifie le caractère. C'est ce que mon père me dit. De toute façon, ces premières journées se ressemblent. Même si j'arrive en cours d'année, je ne connais jamais personne. Il y aura forcément dans ma classe des cons et une ou deux personnes sympas avec qui je pourrai m'entendre. Comme chaque fois. Et puis, j'ai beau être nouvelle, personne ne me remarquera. Ou à peine. J'ai un look passe-partout. Jean-baskets-sweat. Je suis une ado parmi les ados.

En ce premier jour, mon père m'accompagne en voiture. Mon front collé à la vitre. Un tapis blanc recouvre les prés. Il a gelé dans la nuit. Le verglas brille comme un miroir sur la route. Ça ressemble à la neige de mon enfance lorsque nous habitions tous à la montagne. La montagne me manque, mais ce n'est pas le moment d'être nostalgique. Mon père freine pour me déposer à côté du portail des profs. Il m'embrasse, me souhaite une bonne journée ; je claque la portière, puis je m'avance vers l'entrée principale du collège.

J'enroule mon écharpe autour de mon cou quand une bande de filles pressées me bouscule. Ça me sidère toujours, comment peut-on avoir hâte d'aller en classe ? Moi, je rêve du jour où j'en aurai fini avec tout ça : les cours inintéressants et interminables, les journées assises sur des chaises inconfortables, les profs, les petits cons, le bruit, les règlements intérieurs débiles. J'ai encore un long chemin à parcourir jusqu'au bac. J'ai l'impression que ça va durer un siècle… et quand je sortirai du système scolaire, je n'aurai plus aucune énergie pour, enfin, commencer ma vraie vie.

Pour le moment, mes pieds prennent leurs marques, mes yeux aussi. Je fais un rapide repérage : le réfectoire est sur ma droite, le préau plus loin, le gymnase doit être ce grand bâtiment au fond de la cour… Il ne me reste plus qu'à trouver la vie scolaire pour demander à un pion où je dois rejoindre ma classe.

Quand j'ai enfin réuni toutes les informations et récupéré mon carnet scolaire, je me dirige vers la salle B 32 pour mon premier cours d'anglais. Soudain, dans mon dos, une voix s'exclame :

– Toi, je t'aime pas !

Je me retourne. Un gringalet rigolard me regarde. Ces mots s'adressent visiblement à moi. Mes poils se hérissent.

Je le toise froidement. C'est pas lui qui va m'intimider.

– Être aimée par un con comme toi, quelle horreur !

Je tourne immédiatement les talons. Je ne lui laisse pas le temps de dégainer une réponse et je me jure de ne jamais adresser la parole à ce type.

Lorsque je me retrouve devant la porte vert moche de ma salle, je m'adosse contre le mur. Je suis la première à attendre. J'ai le temps d'inspecter le couloir, les gens qui passent. Je tourne la tête à droite, à gauche. Peu à peu, mes futurs collègues de classe arrivent. Je manque m'étouffer quand j'aperçois parmi eux le gringalet de tout à l'heure. Immédiatement après, une prof s'approche et ouvre la porte. Pas le temps de réfléchir, je me précipite dans le flux des élèves qui se poussent pour entrer.

« Bienvenue Fifi ! » je me dis à moi-même, pour m'encourager. Puis je me dirige vers le bureau de la prof pour me présenter et montrer mon carnet de correspondance. Ensuite, je cherche une place libre.

J'en vois une au loin à côté d'une fille aux cheveux rasés. Je me faufile entre les bureaux dans sa direction.

– C'est une galeuse, elle est contagieuse, ne t'approche pas d'elle, me souffle quelqu'un.

Je ne me retourne pas. C'est pas la peine, j'ai reconnu sa voix. Je sens à nouveau mes poils se dresser. Mais quel con, ce mec !

Bien sûr, je l'ignore royalement.

Lorsque je m'assieds, la fille me fait un grand sourire.

Enfin un peu d'humanité.

2

– Je m'appelle Gloria, me dit ma voisine.

– Moi, c'est Zoé.

– Bienvenue dans le meilleur collège du monde ! me chuchote-t-elle en pouffant.

– Voilà une bonne nouvelle... je murmure en souriant. Je suis assise à côté de quelqu'un qui semble cultiver le second degré, le hasard a bien fait les choses, c'est ce que je préfère chez les autres. Mais le cours d'anglais commence.

À la récré, Gloria m'entraîne au fond de la cour, près des tables de ping-pong, où sont agglutinés les sixièmes encore inoffensifs. Il y a de la place sur un muret. On s'assied toutes les deux et on observe « les petits » qui s'acharnent à renvoyer la balle d'un bout à l'autre de la table en béton.

– C'est quoi tes cheveux ? je lui demande, tu veux ressembler à Sinead O'Connor ?

– Qui ?

– C'est une chanteuse des années 80. Elle avait les cheveux rasés comme toi.

– Je connais pas, répond Gloria.

– Je l'ai découverte avec mon père. C'est une chanteuse de sa jeunesse.

– J'aimerais bien que ce soit volontaire, poursuit-elle.

La sonnerie retentit juste à ce moment-là. Gloria se lève. À présent, nous avons deux heures de maths.

– Suis-moi, on se met au premier rang, me dit Gloria, en me pressant. Si on est au fond, on n'entend rien, le prof ne parle pas fort.

Comme Gloria a esquivé ma question, je me dis qu'elle a peut-être réellement la gale. Comme l'autre le disait. L'autre que je croise de nouveau, à l'entrée de la salle de maths. Ses yeux pleins d'une dureté qui m'échappe. Je détourne le regard. Je rejoins Gloria qui me garde une place juste à côté d'elle. Le prof arrive. Je ne suis pas une mauvaise élève, mais les mathématiques ne me passionnent pas. Heureusement, je découvre que mon prof précédent nous avait bien appris les bases des fonctions. Je ne suis pas larguée et c'est déjà ça. Je m'applique à faire toute la série d'exercices qu'on nous donne. Je ne pense plus à la gale ni aux cheveux de Gloria, je pose les chiffres, je cherche le x, je ne pense plus au temps, je fais ce que tout élève est censé faire, se creuser les méninges et travailler. Et c'est à peine si j'entends le garçon, toujours le même, dire une connerie, puis le prof l'engueuler. Je ferme mes oreilles. Les x et les y ne m'auront pas. Je leur tordrai le cou.

3

À midi trente, après les sixièmes, cinquièmes et quatrièmes, c'est à notre tour d'entrer dans le réfectoire. Gloria me guide vers les plateaux et les couverts, elle m'explique le b.a.-ba de la cantine. Par chance, aujourd'hui, au menu, il y a poulet-frites. Gloria m'entraîne au fond de la salle, dans un espace plus calme. Nous mangeons comme des affamées. Alors que je ne m'y attendais pas, Gloria reprend la discussion interrompue.

– En fait, ce sont mes traitements qui me font perdre les cheveux.

– T'es malade ? je demande.

– On peut dire ça…

– T'as quoi ?

– Une L.E.

– Une quoi ?

– Une saloperie.

– …

– J'arrive plus à prononcer son nom.

– …

– Je refuse de la nommer.

Gloria baisse la tête.

– Maintenant, je ne dis plus que ces deux lettres. La première et la dernière, dit-elle en souriant.

Je réfléchis. Je pense aux traitements des maladies, dont les effets secondaires font tomber poils et cheveux. Je mets des mots au bout de ma langue, mais je me tais. J'attends. J'attends qu'elle parle de nouveau.

– J'ai l'impression que si je prononce ce nom maudit, ça va rendre la maladie encore plus vivante. Et moi, tout ce que je veux, c'est l'étouffer et la faire crever. Donc j'ai choisi de ne parler que de la L.E… C'est tout. Et encore… Moins j'en parle, mieux je me sens. Mais puisque tout à l'heure, tu m'as posé la question, je voulais juste que tu saches.

– Oh… je suis désolée… mais je te remercie de me l'avoir dit, on ne se connaît pas…

– Ça va, tu sais, ici tout le monde est au courant. Bon, tu verras, continue Gloria, je ne suis pas tout le temps au collège. Je m'absente régulièrement pour faire des petits séjours au Pio.

– Au quoi ?

– L'hôpital. Le Pio est comme le pieu, mais pas chez moi.

– Oui, c'est sûr… inventer des mots, c'est… c'est moins… je sais pas comment dire… moins morbide ?

– Exactement !

– T'as des copines ?

– Euh, comment te dire, dit Gloria, je suis contagieuse, tu sais ?

– T'es pas contagieuse !

– Je sais… Mais la saloperie fait peur.

– C'est dégueulasse !

– Il paraît que c'est courant, ma psy me l'a dit, poursuit Gloria, c'est un réflexe de peur.

– Peut-être, mais quand même, ça ne se fait pas !

Gloria hausse les épaules.

– De toute façon, je ne suis plus la même maintenant.

– …

– Mais j'ai une super psy et elle m'aide beaucoup…

– …

– Elle me conseille de pratiquer les activités artistiques.

– Ah ouais ?

– Je dessine beaucoup.

– C'est vachement bien.

– Mes parents m'ont offert un appareil photo. J'ai toujours aimé ça, photographier.

– Mais tu vois quand même du monde ?

– En dehors du collège et de ma famille, je ne vois personne. Mais je suis très occupée, tu sais… Avec le dessin et la photo, je ne m'ennuie pas. Enfin, pour le moment…

– J'aimerais bien voir tes dessins.

– Tu pourras les voir en sport. Je suis dispensée. Mais par contre le prof m'a proposé de rester pour dessiner les élèves en sueur. C'est marrant. Le prof scanne ensuite mes esquisses pour les mettre en ligne sur le site du collège. Tu pourras y jeter un coup d'œil si tu veux…

– Ah oui ! je réponds avec enthousiasme.

– De toute façon, on a sport à 14 heures. Je te montrerai mes dessins après le cours.

Gloria est cool. Elle me plaît beaucoup. Je me fiche qu'elle ait une L.E., qu'elle aille régulièrement au Pio. Elle est différente des autres.

4

Après le cours de sport, Gloria me tend son carnet de croquis. Elle dessine si bien ! Pas comme une fille de son âge.

– Tu es une artiste, je lui dis.

– Je ne sais pas…

– C'est moi ici ? je demande, en lui montrant un croquis.

– Oui ! Tu te plais ?

– Plus que dans la réalité, oui.

– Tu plaisantes ?

– Non. Pas du tout.

Je continue à feuilleter son carnet, admirative.

– Et lui, c'est qui ? C'est pas le gringalet ? je demande.

– Le gringalet ? Ugo ? Il n'est pas si maigrichon que ça !

– Mmmouais, peut-être… Mais, c'est un con. Tout à l'heure, j'étais dans le couloir, je ne l'avais jamais vu et il n'a rien trouvé de mieux que de me sauter dessus pour me dire qu'il ne m'aimait pas. Comme ça, du tac au tac. Il est fou, ce type.

– Oui, il est bizarre. Il est tout le temps en colère.

– Je m'en fiche de sa colère.

– Faire le con, c'est son truc. C'est nul, je suis d'accord. Mais il en fait tellement, ce n'est pas normal.

Pendant que Gloria ramasse ses affaires de dessin en silence, je pense encore à ce type. Pourquoi les cons ont-ils de bonnes raisons de l'être ?

Gloria se lève d'un bond puis elle se tourne vers moi.

– Tu viens ? Si on ne sort pas dans la minute, les pions vont nous enfermer. J'ai pas envie de passer la nuit au collège !

Je la suis. Le bilan de ma première journée est plutôt positif. J'ai rencontré Gloria et nous venons en plus de découvrir que nous n'habitons pas très loin l'une de l'autre. Je n'aurais pas pu rêver mieux ce matin.

Sur le chemin du retour, Gloria me raconte qu'elle s'oblige à faire de l'exercice physique tous les jours et qu'elle essaie de venir au collège à pied. Il paraît que c'est bon pour elle et que ça l'aide à éliminer toute la chimie qu'elle ingurgite pour terrasser la L.E. Elle oblique soudainement dans la prairie qui longe la route. L'herbe est sèche. Le soleil brille, il a effacé le moindre souvenir de la blancheur matinale.

– Tu viens ? J'aime bien marcher dans l'herbe.

– Moi aussi, je dis en la suivant.

– Et toi, tu fais quoi en dehors des cours ? me demande-t-elle.

– Je joue du ukulélé.

– Du ukulélé ? La petite guitare hawaïenne ?

– Oui, c'est ça.

– Comment t'as découvert cet instrument ?

– Oh, c'est pas très compliqué, mon père est prof de ukulélé, c'est lui qui m'a appris.

– Et c'est pas difficile ?

– Non, tu peux t'amuser assez vite. Le ukulélé n'a que quatre cordes, contrairement à la guitare qui en a six. Donc, c'est plus simple. Mais après, si tu veux vraiment bien jouer, c'est comme avec n'importe quel instrument, il faut bosser à fond.

– Tu joues avec ton père alors ?

– Oui. Mais lui c'est un autre niveau ! Heureusement d'ailleurs, puisqu'il est prof.

– Il enseigne où ?

– Il vient d'avoir un poste à l'école de musique. Mais il va aussi donner des cours particuliers.

– Donc du coup, puisque ton père travaille ici, tu vas sans doute rester longtemps.

– J'aimerais ! Il faudrait que mon père ait plein d'élèves passionnés. Les écoles veulent attirer les élèves vers le ukulélé, mais aux yeux des parents, cet instrument n'est pas assez prestigieux. Alors peu à peu, par manque d'élèves, les écoles arrêtent d'employer mon père et on doit déménager. Mais peut-être cette fois-ci, ce sera différent. Mon père a un gros projet, il veut créer un grand orchestre de ukulélés, avec des adultes et des enfants. Le directeur de l'école de musique est super emballé. Si ça marche, on restera. Je croise les doigts…

– Mais tes parents, ils sont séparés ?

J'avale ma salive. C'est toujours quand je n'y pense plus que l'inévitable question est posée. C'est maintenant à mon tour de me raconter.

5

J'ai 5 ans. Je suis seule avec mon père sur un petit chemin de campagne. Le temps est doux, je m'en souviens très bien. Le soleil est haut dans le ciel et il me donne de l'énergie. De l'énergie, j'en ai à revendre. Car je sais déjà qu'aujourd'hui sera un jour important. Je regarde mon père dans les yeux. Son regard bienveillant me dit d'y aller, que je vais y arriver. Je fixe devant moi l'horizon, le chemin qui part tout droit, je suis assise sur mon petit vélo rouge. Mon père a enlevé mes petites roues, je n'en ai plus besoin. Aujourd'hui, je fonce. Aujourd'hui, je vais être une grande. Mes pieds sur les pédales donnent l'élan, mon vélo vacille un peu au début, puis très vite, il ne tremble plus. Mes mains agrippent les poignées. Je pédale, je vais tout droit, j'entends mon père qui me dit bravo, je me sens libre et c'est merveilleux.

Et c'est ce jour pas comme les autres que ma maman est partie pour toujours. Elle n'a pas quitté la maison pour s'en aller vers d'autres bras que ceux de mon père. Non… Elle a fait une attaque cérébrale, un truc rare pour son âge. On n'a pas eu le temps de dire ouf qu'elle était déjà de l'autre côté. Morte. Elle n'a pas eu le temps non plus de me dire je t'aime, ne m'oublie pas, au revoir. Le temps de rien. Pourquoi elle avait choisi ce jour-là pour mourir. Moi, je voulais lui montrer mon vélo à deux roues et moi dessus si fière. Je voulais lui montrer la grande que j'étais devenue en trois petits coups de pédale. Je voulais crier mon bonheur. Je voulais sauter et danser avec elle. Mais la mort a emmuré la joie. Et c'est une vie à deux qui a débuté, mon père et moi. Mon père englouti par le chagrin.

Puis, parce qu'il paraît qu'un malheur n'arrive jamais seul, mes grands-parents maternels ont décidé de ne plus jamais revoir mon père. C'était lui qui avait tué ma mère avec sa vie d'artiste. C'était lui, le fautif, le responsable du désastre. Alors mon père n'a plus voulu que je les voie non plus. Un voile noir s'est posé à jamais sur cette famille. Pourtant, je pensais souvent à eux. Ils me manquaient. Je les aimais. Mais j'étais une enfant, je ne savais pas trop ce qui m'arrivait. J'ai dû alors faire une croix sur le clafoutis aux cerises. Sur les promenades dans les bois. Et la barbe qui pique de mon grand-père. Puis ce fut au tour du frère de mon père et de ses parents de nous jouer un sale tour. Ils sont morts les uns après les autres, comme un château de cartes qui s'effondre. Ça faisait un peu trop pour une enfant comme moi, tous ces morts à la chaîne. Et pour mon père aussi.

Mais on a tenu le coup et c'est le principal.

6

J'arrête mon récit. Raconter ma vie déchirée, c'est éprouvant. Je lève les yeux vers Gloria.

– Eh ben dis donc… ma L.E., c'est rien à côté ! s'exclame-t-elle.

– Euh, t'exagères quand même…

– Non, pas du tout ! Mais comment avez-vous fait pour vous en sortir ?

– Oh, tu sais, je ne me souviens pas de grand-chose. Mon père était en dépression et il s'est mis en arrêt maladie. Moi, j'étais sonnée, mais j'allais à l'école. Un jour, mon père a eu un déclic, il a pris son vélo et il a fait un grand tour. Puis tous les jours, il roulait des kilomètres et des kilomètres. Il a commencé ensuite à m'emmener avec lui le week-end. Il souriait de nouveau. Le ukulélé s'est remis à vibrer lui aussi dans la maison. Peu après, il a repris son boulot. Depuis, on a beaucoup déménagé. Et je suis là aujourd'hui.

– Eh ben dis donc… répète Gloria.

– Tu ne sais dire que ça ? je lui demande en éclatant de rire.

– Oui, je suis désolée, répond-elle en souriant.

– T'inquiète…

– Et si je te dessinais ?

– Pourquoi pas ?

Je m'assieds dans l'herbe, pendant que Gloria récupère son carnet. Je prends des poses. Je touche mes seins, je gonfle mes lèvres comme les filles pleines de botox, puis je passe à un autre style, je fais des grimaces, je change d'expression toutes les deux minutes, je fais le poirier, je saute et lève les bras, Gloria râle, elle n'arrive pas à me suivre, elle me dessine à toute vitesse, je lui fais faire un marathon de croquis. Elle crie, j'éclate de rire. Je me roule dans l'herbe, je hurle moi aussi, je chasse le noir, je reviens au présent, vers ma vie, celle qui vient de débuter aujourd'hui.

Puis nous reprenons la route vers nos maisons respectives. Je laisse Gloria devant la sienne. C'est une maison blanche au bord de la route avec visiblement un grand jardin juste derrière. Je rebrousse chemin ensuite pour récupérer la route sinueuse qui se dirige vers le plateau. Plus loin, je prends sur la gauche le chemin qui longe le canal. Des canetons m'accompagnent, des poissons transparents suivent le courant. J'arrive bientôt chez moi. Je m'assois sur les marches. Mon père ne va pas tarder à arriver. Il ne fait pas froid, je l'attends dehors. J'ai hâte de lui parler de Gloria.

7

Notre nouveau nid est vieux. C'est une ancêtre de maison. Son crépi est ridé. Les canalisations laissent à désirer, l'électricité est d'un autre siècle, la peinture des murs s'écaille, les portes sont gonflées et le carrelage se meut sous nos pas. Elle n'a rien de l'habitation clé en mains zéro soucis qu'on peut vous proposer dans les agences immobilières. Mais on n'a pas eu vraiment le choix. Tout était soit hors de prix, soit pourri. On a choisi la seconde option. Le propriétaire a dit qu'il n'avait pas assez d'argent pour entreprendre des travaux. Il compte sur mon père pour s'en occuper à sa place. Mais il ne sait pas à qui il a affaire. On se fiche de vivre dans une maison parfaite. La seule chose qui m'inquiète, c'est la pluie. Je ne supporterais pas qu'il pleuve à l'intérieur. Ça, on l'a déjà vécu et c'est horrible. La toiture trouée, plus jamais ! Il faut juste que le toit tienne. Et tout devrait bien se passer. Parce que, quand même, on a la vue la plus dingue que je connaisse.

J'entends enfin un moteur vrombir sur le chemin. C'est mon père.

– Tu as perdu tes clés ?

– Non, non… Je t'attendais dehors.

Mon père me pose un baiser sur le front. Puis il ouvre la portière arrière de la voiture pour en sortir sa pochette et ses deux ukulélés.

– Comment s'est passée ta première journée? je lui demande.

– Super bien! L'équipe est motivée, ils ont plein de projets. Ce matin, j'étais dans une école maternelle. Cet après-midi, j'ai aidé le prof de chant dans une classe de CE2. On a déjeuné tous ensemble à midi, c'était très chouette. J'ai aussi sympathisé avec la prof de violoncelle, Élisa. Figure-toi, qu'elle fait du vélo dans un club. Il y a un entraînement par semaine et ils organisent régulièrement des sorties. Je pourrais nous inscrire tous les deux. T'en penses quoi?

– J'aime faire du vélo avec toi, mais dans un club, bof… Essaie d'abord, on en reparlera après.

– Et toi? me demande-t-il. Ce nouveau collège?

– Classique. Rien de spécial…

– Et ta classe?

Je n'évoque pas mon premier contact avec le gringalet, je lui parle immédiatement de Gloria, qui est la fille la plus cool que je connaisse, malgré sa L.E., malgré son crâne nu et sa mine pâle. Je lui dis que Gloria est une artiste. Une vraie. Mon père écoute avec attention. Me pose des questions. Sur la L.E. Sur le Pio. Sur ses traitements, son rythme de vie au collège, toutes ces choses que j'ai oublié de lui demander. Que j'aurais dû demander… Peut-être. Et puis, non. C'est ce que je dis à mon père, non, je ne lui ai rien demandé, je n'y ai pas pensé, parce que je ne me suis intéressée qu'à Gloria. Et la L.E. ce n'est pas Gloria. La L.E. c'est un accident de vie. Je le vois comme ça. Elle se serait cassé une jambe, je n'aurais pas passé ma journée à lui poser des tas de questions sur son plâtre. Donc c'est pareil.

– Tu as raison, dit mon père. En tout cas, elle a un très beau prénom, tu ne trouves pas, ma Fifi ?

Fifi, c'est mon surnom. Quand je suis née, mes parents m'ont appelée Zoé. Mais c'est plutôt mon prénom pour les autres. Ça n'a jamais été le leur. Ils ont toujours préféré m'appeler Fifi. C'était l'idée de ma mère. Je lui faisais penser à l'héroïne de son enfance, Fifi Brindacier, et elle souhaitait, en me prénommant ainsi, que je sois aussi libre et forte que le personnage.

Maintenant ma mère n'est plus là. Mais en m'appelant Fifi à tout bout de champ, c'est comme un petit nuage de maman, une petite présence au milieu de nous, qu'on veut garder précieusement.

– Au fait, t'as des devoirs ? me demande brusquement mon père.

– Pas grand-chose… Une leçon d'anglais et des exos en maths.

– Bon, ben je te laisse, je pars en cuisine !

– Déjà ? Qu'est-ce que tu vas faire ?

– Surprise !

– Dis-moi, dis-moi ! je supplie.

– Surprise ! me répond-il une nouvelle fois en se retournant, avant de refermer derrière lui la porte de la cuisine.

La porte claque. Comme un ordre. Plus de communication entre nous tant que je n'ai pas fini mes foutus devoirs. Je traîne mon sac jusqu'à ma chambre. Je soupire. En changeant de lieu, je me fais de nouveaux amis, mais le boulot, c'est toujours pareil. Je m'assieds à mon bureau et je plonge dans mes devoirs.

Au bout d'un moment, une odeur parfumée monte jusqu'à l'étage. Je parie la surprise savoureuse. Je me lèche les babines.

Je descends à 19 h 30 précises. Je mets le couvert sur la table de la salle à manger. Puis je passe la tête par la porte de la cuisine.

– J'ai faim.

– Ça tombe bien, les lasagnes sont prêtes.

– Des lasagnes ?

– T'es déçue ?

– Mais non, bien sûr que non, lui dis-je en me jetant dans ses bras. Tu sais bien que c'est mon plat préféré !

– Alors, à table ! hurle-t-il, comme si nous étions une famille de cinq personnes.

Mon père apporte le plat jusqu'à la table et me sert.

– Notre premier repas de notre nouvelle vie, me dit-il.

– Notre nouvelle, nouvelle, nouvelle, nouvelle vie, tu veux dire ? je lui dis, ironiquement.

Je déguste. Mon père est le roi des lasagnes.

Le plat terminé, la vaisselle rangée, chacun prend son

ukulélé et nous nous mettons à jouer, comme nous le faisons souvent. Mon père me fait répéter des morceaux qu'il aime bien. Je joue, en tenant mon petit instrument contre moi, je sens les vibrations des cordes dans mon ventre, ça éveille mon corps et des bouffées d'émotion. Mes doigts se baladent sur les frettes, ma main droite suit le rythme donné par mon père, tierces et quintes se succèdent, puis quand mon père me donne le signal, je chante. Je chante, car je suis la voix de notre duo. Ma voix sort de ma bouche, claire, comme je l'aime, elle s'élève dans le salon, mon père tape le rythme sur le carrelage, nous sommes deux, et pourtant notre présence emplit toute la maison.

8

À peine arrivée au collège, je me précipite vers Gloria. Elle me tend une liasse de feuilles avec un grand sourire.

– J'ai une photocopieuse chez moi.

– Tu es vraiment sympa !

– Ben non, c'est normal. Je t'évite juste de recopier toutes les leçons.

– J'avais la flemme, rien que d'y penser…

Gloria me semble un peu plus pâle qu'hier.

– Ça va ? je lui demande.

– J'ai moyennement dormi…

– C'est la pleine lune ?

– Je crois pas… c'est les effets secondaires…

– Ah. Parce qu'il y en a d'autres, en plus des cheveux ?

– Ben, ouais.

Mais Gloria n'a pas le temps de développer, on se fait brusquement bousculer par un type portant un énorme sac à dos.

– Ugo ! s'écrie Gloria. Fais attention !

C'est le gringalet.

– Pardon, damoiselles, je ne voulais pas vous heurter…

– Bien sûr… je marmonne entre mes dents.

– De l'air ! Va voir ailleurs, dit Gloria d'un ton las.

Il hausse les épaules et disparaît au milieu des autres collégiens.

– Celui-là, je te jure, je lui enverrais bien mon poing dans la tronche.

– Ça sert à rien… De toute façon, s'il continue à ce rythme, il se fera virer avant la fin de l'année.

La sonnerie se met ensuite à hurler son message tonitruant. C'est l'heure ! C'est l'heure !

– Tu viens ? On y va ? me dit Gloria. J'ai pas envie de me retrouver au dernier rang, avec la bande de bras cassés de notre classe.

Nous enchaînons les cours. Comme tous les jours. S'asseoir et écouter. Se lever et s'acheminer vers une autre salle. Se rasseoir. Écouter. Lever le doigt de temps en temps pour participer. Et écrire, écrire… Puis le break de la cantine. Qui n'est pas vraiment une coupure. À cause du bruit, des bousculades, et tout le raffut des collégiens excités. Gloria m'entraîne encore aujourd'hui au fond, dans un recoin, à côté du réfectoire des profs, là où les élèves évitent de s'agglutiner. On s'affale toutes les deux sur la banquette en skaï. Gloria m'explique qu'elle supporte de moins en moins le bruit, il l'agresse depuis qu'elle est malade. Je lui explique que moi aussi, la cacophonie m'épuise. Dès que je rentre chez moi, je me mets sous la couette pour étouffer le moindre craquement et être dans le silence complet. L'espace de quelques minutes, pour revenir à une vie normale, silencieuse.

– Tu ne dis pas ça pour me faire plaisir ? me demande Gloria.

– Non, c'est vrai.

– Bon, goûtons alors ce bœuf bourguignon qui me paraît appétissant.

– Pas assez de carottes… je dis.

– Pas assez de viande, poursuit Gloria.

– Trop de sauce !

– Trop de riz !

– Bienvenue dans le meilleur restaurant gastronomique du coin ! je m'exclame.

On mâche. La viande est dure et pleine de gras. Mais on mange, parce que, bon sang, le collège, ça creuse. Quand nous avons terminé le plat principal, Gloria me dit :

– J'ai un secret à t'avouer… Mais promets-moi de ne le dire à personne.

– Un secret, c'est un secret, ça se répète pas.

Gloria baisse la tête. Elle réfléchit.

– J'ai une double vie.

– Une double vie, genre t'as deux familles ?

– Non, mais… J'ai une vie que je me raconte et qui est beaucoup mieux que la mienne.

Je ne dis plus rien cette fois. J'écoute.

9

Sur Instagram, j'ai un pseudo. Enfin, je sais, je ne suis pas la seule, quasiment tout le monde en a un. Mais avant, sur mon premier compte, c'était mon vrai nom et ma vraie vie. Quand j'ai appris que j'étais malade, le ciel m'est tombé sur la tête. J'aurais jamais imaginé qu'un truc pareil pouvait m'arriver à moi, Gloria, adolescente normale, aimant courir sur les pistes d'athlétisme pour sentir mon corps souple et léger. J'aurais jamais imaginé que cette chose pouvait venir s'introduire en moi qui aimais tant rire et m'amuser. J'avais jamais pensé à ça, la maladie. La maladie, c'était les autres et c'était pour les vieux. Pas pour moi. Mais, maintenant je sais. Je sais aussi que ça provoque des réactions étranges.

Au début, mes amies ont pleuré, beaucoup pleuré, plus que moi, je crois. Elles me prenaient dans leurs bras, et elles me disaient qu'elles m'aimaient et qu'elles seraient toujours auprès de moi pour me soutenir. Quand j'ai fait mon premier séjour au Pio, je n'ai pas eu beaucoup de nouvelles, puis de retour à la maison, seules deux d'entre elles sont venues me voir, mais elles avaient l'air terriblement gênées. Elles parlaient pour ne rien dire, pour combler le silence, c'était horrible. J'étais encore plus embarrassée qu'elles.

J'avais l'impression qu'elles me voyaient déjà sur mon lit de mort. Puis l'année scolaire s'est terminée, j'ai fait des allers-retours réguliers au Pio. C'était l'été, aucune ne m'a contactée, j'ai beaucoup dormi, j'ai vu mes cousins. En septembre, je n'étais pas dans leur classe, j'étais soulagée, j'en avais assez de voir leur mine contrite. Mais j'étais seule. J'ai ouvert alors un nouveau compte Instagram. Pour être une fille neuve. Pas celle qu'on évite dans les couloirs. J'ai cherché un pseudo et j'ai fait une liste. J'ai hésité entre Lolita, Lune et finalement je me suis décidée pour Blablabla. Parce que c'était ça, mon compte, du blablabla, des petites histoires. Ma vie rêvée. Je me suis prise au jeu. Ce n'était pas moi, Gloria avec ma L.E. Mais c'était quand même moi. La Gloria de demain, d'après tout ça. C'est ce que je me disais. Parce que parfois je culpabilisais de raconter des trucs qui n'existent pas.

Je me suis alors abonnée à plein de comptes. Puis d'autres se sont abonnés au mien. Ça a fait boule de neige. J'étais toujours aussi seule, mais j'étais en lien avec les autres. Mes parents entre-temps m'avaient offert un appareil photo. C'était comme si on m'avait offert une nouvelle paire d'yeux. J'ai commencé à poster mes photos sur Instagram. Mais celles que je choisissais montraient tout sauf ma vraie vie. Elles étaient légères. Même au Pio, qui est l'endroit le plus moche et déprimant que je connaisse, je m'amusais. Je prenais un angle original, une belle lumière. J'inventais. Au début, c'était comme un jeu. Puis petit à petit, j'ai eu de plus en plus d'abonnés. On a commencé à m'écrire, pour me dire que mon compte était génial, et qu'on me suivait quotidiennement. Je suis devenue quelqu'un de populaire. Tout l'inverse du collège. Peu à peu, ça a rempli ma vie. Ma deuxième vie. Par contre, au collège, personne n'est au courant.

Certains suivent mon compte sans connaître ma vraie identité. Et ça me fait sourire. Je ne l'avais jamais raconté. C'est ma première fois. J'attendais le bon moment. Et sûrement la bonne personne.

10

Ça y est, il pleut. J'ai l'impression qu'un orchestre de tambours tape au-dessus de moi. Mon père est à l'école de musique. Je suis seule et je suis aux aguets. Je n'aime pas la pluie, je l'ai déjà dit, je la crains, elle est impitoyable. J'imagine déjà les auréoles se former sur le plafond, la peinture gonfler, puis les gouttes se mettre à tomber, à tomber, à tomber. Dans ma tête, j'ai tout organisé, au cas où. Je sais où est le seau, la bassine, j'ai préparé les serpillières, une pile de serviettes. J'attends mon père. J'aimerais qu'il ne tarde pas trop, je ne supporte pas la solitude par un temps pareil, j'ai l'impression que la maison pourrait s'effondrer. La journée a déjà mal commencé.

Aujourd'hui, Gloria n'était pas au collège. Elle est partie en urgence au Pio. Rien de grave m'a-t-elle assuré. Les médecins ont préféré qu'elle vienne deux, trois jours, par précaution. La veille au soir pourtant, sur son compte *Insta blablabla2007*, on ne pouvait imaginer qu'elle allait partir pour l'hôpital, en voyant cette photo vert chlorophylle du pré à côté de chez elle.

Se rouler dans l'herbe et faire les fous!
vert#espoir
samuser#semarrer#rigoler#glousser#rire#sefendrelapoire

Mais Gloria n'était pas là et il pleuvait déjà. La gorge nouée, j'ai dû m'asseoir en classe, avec les autres. Un type plutôt sympa, Achille, m'a proposé de prendre place à côté de lui.

– Elle va revenir, m'a-t-il dit, elle revient toujours.

Ça devait se voir à ma tête que j'étais inquiète. Ça devait se voir aussi que j'étais perdue, sans Gloria.

Dès le début du cours, la prof de français s'est adressée à nous.

– Gloria sera absente pendant quelques jours. Qui peut lui transmettre les leçons et les devoirs?

J'ai levé la main. Puis j'ai balayé la classe du regard, personne en dehors d'Achille et moi ne s'était manifesté.

– Très bien, Zoé, viens me voir à la fin de l'heure.

Je me suis penchée sur mon cahier, mon voisin m'a demandé si je n'avais pas une gomme, la vie a étrangement repris son cours. Juste cette gorge nouée. Et mes oreilles qui bourdonnaient. Je tentais de me rassurer, il s'agissait de précautions, puis j'entendais de nouveau dans ma tête les mots de mon voisin, elle revient toujours m'avait-il dit. Elle revient toujours...

– Maintenant, mettez-vous par groupe de deux! nous a ordonné la prof de français.

J'ai levé la tête. Quoi? Qu'a-t-elle dit?

– On se met ensemble ? m'a soufflé Achille.

– Vous allez utiliser le vocabulaire que nous avons étudié et écrire une scène de dialogues que vous jouerez ensuite devant nous. Pensez aux pièces de théâtre que nous avons lues et lâchez-vous !

– Tu as la liste de mots ? m'a demandé Achille, je l'ai oubliée chez moi.

Je l'ai récupérée dans ma pochette cartonnée et l'ai posée entre nous deux. Nous avons commencé à réfléchir, Achille avait plein d'idées. Heureusement. Ma tête refusait d'être dans la classe. Je ne cessais de penser à Gloria. Je me demandais ce qu'elle faisait. Lisait-elle ? Écoutait-elle de la musique ? Prenait-elle des photos ? Ou bien passait-elle des examens ? Je me demandais aussi si ses parents l'avaient accompagnée. À la fin du cours, nous avions écrit deux pages. C'était plutôt pas mal. Personne n'a eu le temps de lire sa scène. Ça m'allait très bien. Je me suis levée pour me diriger vers le bureau de la prof. Elle avait préparé pour Gloria des notes et quelques photocopies, ainsi qu'un petit mot glissé dans une enveloppe.

– Ne t'inquiète pas pour Gloria, m'a-t-elle dit, elle est sur la bonne voie.

C'est quoi la bonne voie ? Et si elle prenait soudainement la mauvaise ? Je l'ai regardée, affolée.

– Elle est dans un service exceptionnel, ils prennent soin d'elle, elle va s'en sortir.

La prof a posé sa main sur mon épaule. Je ne sais plus ce qu'elle m'a dit, tous ces mots, toutes ces paroles rassurantes m'insupportaient, je ne voulais plus rien entendre. J'ai quitté précipitamment la classe prétextant un rendez-vous au CDI et je me suis retrouvée dans le couloir bondé. Ma gorge encore nouée. Et une envie de pleurer comme jamais. J'étais en train de faire une crise de panique. Quand, au croisement de deux couloirs, j'ai entendu une voix s'adresser à moi. La dernière que je souhaitais entendre.

– T'en fais une tête, aujourd'hui ! C'est à cause de la galeuse ?

Et là, j'ai pété un plomb.

11

La gifle est partie d'un coup. Ça lui a laissé une trace rouge sur la joue. C'était bien la première fois de ma vie que j'en balançais une et il a fallu que ce soit à lui. C'était le mot de trop. La goutte qui a tout fait déborder. Et ça m'a fait bondir, littéralement, hors de moi. S'il avait fermé sa gueule, j'aurais continué à l'ignorer, on se serait croisés tous les jours et rien ne se serait produit.

Jamais je n'aurais imaginé me mettre dans un pareil état. La colère, c'est pas mon truc. Sauf qu'elle était déjà là, tapie dans mon ventre, depuis sa toute première phrase lancée comme un missile.

J'ai envoyé cette gifle, mais c'était juste une introduction. J'étais sur ma lancée et j'étais folle de rage. Alors j'ai continué. Je lui ai donné une deuxième gifle sur l'autre joue, toute aussi puissante. Surpris, il a reculé, bouche bée. Il n'en revenait pas, le crétin. S'en prendre une dans la tronche. D'une fille en plus. Puis j'ai fermé les poings et j'ai commencé à le rouer de coups. Je tapais, je n'entendais que le volcan qui explosait en moi, et je hurlais :

– Tais-toi ! Tu vas la fermer maintenant ! Tu entends ?

Un groupe s'est formé autour de nous. Le gringalet, lui, se protégeait comme il le pouvait pour ne pas recevoir un de mes coups de poing dans la gueule, reculant, comme un lâche, et hoquetant entre deux pleurs :

– Arrête, arrête, je le dirai plus, je le dirai plus, c'est pas une galeuse.

Mais plus il le répétait, plus je me souvenais qu'il l'avait vraiment dit. Et je redoublais encore plus de haine pour lui. J'entendais à peine les commentaires :

– Mais elle va pas bien ?

– Qu'est-ce qui lui prend ?

– Elle est dingue !

J'étais sur le ring et je ne voulais qu'une chose, le mettre KO.

Mais soudain, deux bras solides m'ont soulevée. Puis un pion s'est emparé du gringalet.

– Ça va ? Viens, je t'amène à l'infirmerie.

Celui qui m'a arrêtée me parlait, sur un ton sec et plein d'autorité, mais j'étais encore remplie de cette rage. Je me suis laissé traîner par les couloirs, il m'a fait descendre les marches de l'escalier quatre à quatre, me parlant toujours. Comme si je pouvais écouter… J'étais dans le brouillard. Puis je me suis retrouvée dans un bureau et on m'a forcée à m'asseoir face à la CPE.

– Mais enfin, Zoé, qu'est-ce qui t'est arrivé ?

– Ga…

– Quoi ?

– Galeuse…

Je tremblais. Je bafouillais et je tentais d'expliquer à la CPE l'insupportable. J'ai explosé en sanglots, ne parvenant plus à articuler. La CPE tentait désespérément de trouver les bons mots. J'ai tourné alors la tête vers la fenêtre. Il m'a semblé qu'il pleuvait, mais mes larmes faisaient office de rideau devant mes yeux. J'ai essuyé mes larmes et j'ai constaté qu'il pleuvait réellement. J'ai pensé tout de suite à la maison, imaginant le pire. Mais la CPE m'a demandé de la regarder dans les yeux et de l'écouter.

– Zoé, je comprends que ce soit difficile pour toi… Mais si dès que quelqu'un dit un truc épouvantable, on se met à le frapper, ça n'arrange rien, tu es d'accord ?

– Je sais pas…

– Mon rôle dans l'établissement est de gérer les conflits. S'il y a n'importe quel problème ou souci, il faut venir m'en parler.

– Oui…

– Je vais demander à l'infirmière de venir avec Ugo. Il faut que vous vous parliez tous les deux pour éviter que ça se reproduise.

– C'est pas la peine… j'ai bafouillé.

– Si. Vous devez vous parler.

Puis elle a saisi son téléphone pour appeler l'infirmière. Je me suis sentie défaillir. Être confrontée à ce type était la dernière chose que je voulais.

– Madame, je recommencerai plus…

– J'espère bien !

– C'est pas la peine, je vous ai dit.

– Zoé, regarde-moi, c'est obligatoire, c'est comme ça.

– Mais madame…

– Ça se passera bien, ne t'inquiète pas.

Je n'ai plus rien ajouté. Ça ne servait à rien.

Peu de temps après, la porte s'est ouverte. L'infirmière est entrée la première avant de laisser passer le dénommé Ugo. J'ai baissé la tête, je n'osais pas la lever de peur de voir sa tronche défigurée. Coincée sur mon fauteuil, j'ai écouté la CPE et l'infirmière nous parler à tour de rôle. Puis nous nous sommes regardés. Ses joues étaient rouge écarlate. Il n'y avait pas l'ombre d'une blessure et j'ai pensé que j'aurais pu le taper encore plus fort. Je devenais mauvaise, mais je n'ai pas regretté mes pensées. Pendant que la CPE parlait, il pleurait, il reniflait, un vrai gamin. Moi, j'étais fière. J'allais pas craquer devant lui. Surtout pas. Et s'il pensait me faire pitié, c'était mal barré. Il a dit qu'il savait que c'était horrible de parler comme ça de Gloria, mais que ça avait été plus fort que lui.

– Et toi, Zoé ? m'a demandé la CPE.

– Moi ?

– Oui, qu'as-tu à dire sur ton comportement ?

– Ça a été plus fort que moi aussi.

– Et tu trouves que c'était la bonne attitude à avoir ?

– Non, ai-je répondu en baissant la tête de nouveau et en mentant, car je ne regrettais absolument rien.

Puis elle nous a demandé de nous parler.

Il s'est d'abord adressé à moi les yeux pleins de larmes, me suppliant de l'excuser.

J'ai accepté. Puis ce fut à mon tour. Mais je n'ai pas

pensé un traître mot de ce que je disais. J'étais en train de me transformer en hypocrite. Peu importe. Nous avons dû ensuite nous serrer la main pour faire la paix. C'était assez ridicule, mais je me suis laissé faire. Tout de suite après, j'ai essuyé ma main contre ma veste. J'avais raté deux heures de cours, mais je m'en fichais. Dehors, il pleuvait encore. Une pluie froide d'hiver. Je filais à vive allure vers la maison, que j'espérais protégée.

12

Sur le chemin du retour, j'ai repensé à ce que la CPE m'a dit après avoir demandé à Ugo de disposer. Elle a refermé la porte derrière elle et elle a commencé à me parler de Gloria. Elle aussi. C'était étrange, ce besoin qu'elles avaient toutes de vouloir me parler de la maladie de Gloria. J'ai écouté, mais j'étais fatiguée. J'aurais voulu que ce soit Gloria qui me dise tout ça, que ce soit elle qui me raconte ce que ça lui fait d'être à l'hôpital.

Puis enfin quand la CPE m'a congédiée, j'ai pris la direction de la sortie. La sonnerie venait de retentir, c'était la fin des cours. En chemin, j'ai croisé Achille.

– Tu t'es pas trop fait engueuler ?

– Un peu, mais ça va…

– C'est à cause d'Ugo, tout ça, hein ?

– Ouais.

– Ça m'étonne pas, il pousse tout le monde à bout.

J'ai baissé la tête, j'avais pas envie de recommencer à parler. J'avais eu ma dose.

– Au fait, pas de nouveaux devoirs pour demain.

– Quelle bonne nouvelle ! Un poids en moins !

– Il y a juste les leçons…

– Ah oui, c'est vrai, je les avais oubliées, celles-là.

– Si tu veux, je te les prends en photo et je te les envoie.

– Ce serait parfait, merci !

– Sinon, ça va aller pour toi ce soir ?

Je ne pensais pas à mon père qui avait dû être prévenu par la CPE. Mais je pensais à moi, devenue cette fille violente. Et je me suis demandé si j'allais pouvoir de nouveau me regarder en face dans un miroir.

– Je crois, oui, ai-je fini par lui répondre.

Achille ne m'a posé aucune question pour en savoir plus sur ce qui s'était passé. Pendant que je l'écoutais m'expliquer les cours que j'avais ratés et l'ambiance de la classe, je l'observais. Achille a un look si cool avec son T-shirt XXL, sa veste à carreaux et le bonnet en permanence vissé sur la tête. Je l'ai coupé dans son monologue :

– Dis-moi, toi, t'es skateur ?

– Oui… pourquoi ?

– Ton style…

– Ah, oui, c'est sûr, ça se voit ! m'a-t-il dit en éclatant de rire.

– T'en fais depuis longtemps ?

– Depuis que je suis né !

13

Le skate, chez nous, c'est une histoire familiale. Mon père a grandi à Paris à la fin des années 70. Il prenait son skate sous le bras et il partait retrouver ses potes. Il n'y avait pas de skatepark. Alors les skateurs ont investi l'esplanade du Trocadéro. Juste en face de la tour Eiffel. Le meilleur spot de la terre entière ! C'était pas vraiment autorisé, mais ils s'en fichaient. C'était l'euphorie. Ils roulaient. Ils roulaient sur les trottoirs, ils descendaient à fond les allées adjacentes et s'accrochaient aux voitures en guise de remonte-pente pour retrouver leurs potes en haut et encore redescendre. Mon père racontait ses exploits le soir avant qu'on se couche. Pour mon frère et moi, notre père était un héros. Il nous parlait de ce que c'était de rouler, seul ou en bande. Et puis, bien sûr, il nous a raconté son voyage en Californie, qui était le haut lieu du skate. Ses nuits dans des squats, ses jours dans les bowls. *Quand tu commences à voler, tu entres dans une autre dimension et tu ne t'en remets jamais. Ce que tu as connu devient tout à coup fade et insipide. J'ai grandi en écoutant ces récits. Et j'ai compris très vite que le skate, c'était la possibilité de découvrir la liberté. De toute façon, le skate, dans la famille, c'était un passage obligé.*

Mon frère de dix ans mon aîné a débuté avant moi. Le skatepark venait d'être construit. Les mecs venaient de toute la région. C'était le meilleur du coin, il paraît. Comme mon frère me gardait souvent, lorsque nos parents travaillaient, il m'y emmenait. Je devais avoir quatre ou cinq ans. Au début, je ne faisais que les regarder. J'admirais les figures de dingue de mon frère et de ses copains, mais j'assistais aussi aux chutes, aux blessures et ça me faisait peur. Un jour, mon frère m'a poussé à essayer. Après l'appréhension, j'ai bien sûr tout de suite adoré. J'avais attrapé le virus. Je faisais du skate, j'étais avec des grands. Dans le bowl, *personne ne me disait que ce n'était pas de mon âge. Quand mon frère a eu son bac et qu'il a quitté la maison pour ses études, j'ai continué à y aller tout seul. J'avais déjà ma bande de potes. Il y avait toujours quelqu'un avec qui je pouvais skater. C'est devenu, comme pour mon frère auparavant, ma deuxième maison. Aujourd'hui, je vois pas comment je pourrais arrêter ça. Le skate est devenu une partie de moi-même. Pendant les vacances, j'y passe des journées entières. Je veux juste être là-bas avec ma planche. Rouler, sauter et voler, comme mon père, comme mon frère. C'est une drogue. C'est l'effet adrénaline. Ça me fait décoller, ça prend mon corps, mon âme.*

14

Lorsque nous sommes arrivés au portail, Achille avait terminé son récit.

– Ça va ? Je ne t'ai pas saoulée avec mes histoires familiales ?

– Mais non, pas du tout, au contraire, ça m'intéresse, moi aussi, le skate.

– Si tu veux essayer, je te montrerai…

– Ça, je sais pas encore…

– Il y a de plus en plus de filles qui s'y mettent.

– Je viendrai te voir.

Nous nous sommes quittés et je l'ai vu se diriger vers la voiture de son père. J'ai essayé de voir si celui-ci avait une tronche de skateur, s'il portait lui aussi des sweats XXL, mais il était garé trop loin.

J'ai alors quitté l'affluence du collège pour prendre le chemin du retour. La pluie recommençait son refrain. Elle tombait fort et régulièrement. Au bout de cinq minutes, j'étais déjà trempée jusqu'aux os. J'ai couru. J'ai sauté par-dessus des flaques. Mon sac rebondissait dans mon dos et m'aspergeait en même temps. La pluie dégoulinait dans mon cou, sur le dos, sur mes bras. La route montait fortement et moi, je soufflais comme un bœuf. Arrivée au niveau du canal, j'ai récupéré le sentier. Les branches des arbres s'ébrouaient sur moi, comme des chiots après leur baignade. Je me suis sentie un peu plus légère. Puis complètement. Ma foulée plus souple devenait ample. C'était donc ça courir, tu souffres au début, puis tu oublies ton corps. Tu t'essouffles et ta respiration devient ton guide. Alors j'ai ouvert la bouche et j'ai crié. J'avais frappé ce type, je le haïssais et je me haïssais moi aussi, d'avoir pété un plomb. J'ai hurlé son prénom. Je l'ai injurié. Puis je me suis mise à m'insulter moi aussi. Autant que j'ai pu. J'étais une merde. Je courrais, comme si ça pouvait effacer cette honte, comme si mes pas dans la boue allaient la faire disparaître. Je courrais pour m'éloigner de cette journée pourrie, je courrais et bientôt, le toit de la maison est apparu. Je savais déjà ce que j'allais faire. Vérifier s'il résistait à la pluie, prendre une douche brûlante, puis ensuite appeler Gloria.

G : Allô ?

Z : Gloria, c'est toi ?

G : Qui veux-tu que ce soit ?

Z : Je sais pas… je reconnaissais pas ta voix.

G : Pourtant, c'est bien moi.

Z : Comment vas-tu ?

G : En super forme ! Aujourd'hui est la meilleure journée de toute ma vie ! Et toi ?

Z : Pareil. Journée géniale !

G : Vraiment ? Qu'est-ce qui t'est arrivé ?
Z : J'ai pété un plomb avec le gringalet. Enfin Ugo, quoi… Je lui ai cassé la gueule. Ensuite, j'ai passé le reste de l'après-midi dans le bureau de la CPE.
G : Mais pourquoi ?
Z : Il m'a encore emmerdé. Cette fois-ci, j'ai pas réussi à me contenir…
G : Eh ben dis donc, il faut que je m'absente pour qu'il se passe enfin un truc intéressant au collège !
Z : T'as rien raté, crois-moi.

Je lui raconte ma colère, Ugo paniqué de se faire taper, puis plus tard ma confrontation avec lui chez la CPE, et moi, si peu fière de moi, comme si cette colère avait montré qui j'étais réellement.

G : Eh ben… en tout cas, on peut dire que tu t'es fait un super copain !
Z : M'en parle pas… J'angoisse à l'idée de retourner demain au collège. J'ai honte. S'il pouvait y avoir pour une fois une grève surprise !
G : Tu me fais rire.
Z : Je serai heureuse quand tu seras de retour.
G : Moi aussi, figure-toi.

Je m'empresse de lui demander de ses nouvelles. Parce que, même si ma journée au collège était pourrie, je ne suis pas au Pio.

G : Moi ? Oh, tu sais, j'ai hâte d'être dehors, c'est étouffant de rester enfermée.

Z : J'espère au moins que ce tu manges est bon.

G : Tu plaisantes ? C'est pire qu'au collège ! La cantine, c'est un restaurant 3 étoiles à côté ! Je refuse les plateaux-repas, ils me donnent envie de vomir. Ma mère me prépare des petits plats. Mais même ça, ça passe pas.

Z : Tu veux que je vienne te voir ?

G : Surtout pas !

Z : Mais tu t'ennuies pas ?

G : Je dors beaucoup. Et puis dès que je peux, je dessine…

Z : Tu dessines quoi ?

G : Le pot de yaourt, des trucs terriblement passionnants, la vue de la fenêtre, parfois les infirmières quand elles restent avec moi pour me faire un soin. Elles aiment bien se laisser dessiner.

Z : Tu me montreras tes croquis ?

G : Bien sûr !

Z : Tu sors quand ?

G : Après-demain !

Z : Cool.

G : Merci Zoé. Pour ton appel…

Z : Oh, mais, c'est normal. Et puis je voulais te raconter ma folle journée.

G : J'aurais voulu être une mouche pour voir ça.

Z : Mais tu ne l'es pas. Heureusement.

G : Zoé, il faut que je te laisse, une infirmière vient d'entrer…

Z : D'accord… *Forza* Gloria !

G : *Grazie* Zoé ! À très vite !

15

Je me demande comment je réagirais s'il m'arrivait d'avoir une saloperie de maladie. Serais-je aussi forte que Gloria? Garderais-je mon sens de l'humour? Et aurais-je le courage d'aller au collège? Aurais-je le cran de me confronter au regard des autres, qui ne verraient plus que la maladie sur mon visage?

« Forza Gloria! Tu vas y arriver! Forza! Dans deux jours, tu es libre! » Je lui parle comme si mes pensées pouvaient voyager jusqu'à elle. Comme si nous restions liées malgré la distance. Ça m'arrive parfois de le faire aussi avec ma mère. Je lui raconte ma journée, je lui dis mes peines, mes joies. Parce que je n'ai qu'une maman. Et parfois il me semble que je la sens, comme une présence invisible à mes côtés.

Le téléphone sonne. C'est mon père.

– Fifi, si je rentre un peu plus tard, ça ne te dérange pas?

– Non pourquoi?

– Le club de vélo a une réunion ce soir. Ma collègue, Élisa, m'a proposé de m'y joindre.

– T'inquiète pas, j'ai encore des devoirs à faire, je suis occupée.

– Est-ce qu'il y a tout ce qu'il faut pour le dîner ?

J'ouvre le frigidaire. Il est quasiment plein. On devrait pouvoir se faire un festin sans problème.

– Prends juste du pain, il ne nous reste qu'un quignon rassis.

– D'accord. Au fait, tout va bien à la maison ? La toiture tient le coup cette fois-ci ?

– Oui ! C'est la bonne nouvelle du jour ! Et il fait chaud. Merci d'avoir allumé le poêle.

– À plus tard, ma Fifi. Je m'occuperai du frichti !

Visiblement, mon père n'a pas reçu d'appel de la CPE. Il m'en aurait parlé. Je pensais qu'elle le ferait. Mais elle a peut-être jugé que seul Ugo était responsable.

Avant de me mettre au travail, je jette un coup d'œil sur Instagram. Gloria a posté une photo de carafe d'eau avec une lumière intense qui fait plonger son ombre. Puis :

> Rester debout, quoi qu'il arrive ! Forza à toutes et tous !
> *#vivenous#onvapasselaisserfaire#lumière#phototouslesjours#sourire#rigoler#joieetbonnehumeur*

Rester debout. Ne pas flancher comme l'ombre de la carafe. Et regarder la vie devant.

La lumière bleutée et l'ombre plongeante rendent la photo énigmatique. Elle a déjà 150 likes.

Elle poste une deuxième image peu après. C'est un grand arc-en-ciel qui s'étire en demi-cercle. De ma fenêtre, j'en aperçois aussi un bout au-dessus des nuages. Ce doit être le même. Elle a commenté sa photo :

Après la pluie, les éclaircies.
La lumière est belle ce soir, je saute de joie.
#arcenciel#vivreencouleurs#photo#surprise#saut#liberté

Je découvre peu après les commentaires de ses followers.

Tu es toujours joyeuse. Comment fais-tu ?
J'adore tes posts, ils remontent le moral.
Bravo ! T'es trop forte !
Moi aussi je vais essayer de chercher l'arc-en-ciel.

S'ils savaient… S'ils savaient où est Gloria aujourd'hui… mais ils ne savent rien, et c'est bien mieux comme ça. Parfois, il vaut mieux taire la vérité. Je lui écris tout de suite :

Magnifiques tes photos ! Tu assures !

Super gentil ! Je me couche, je suis crevée…

Dors bien. À demain !

À demain Zoé, toi aussi, bonne nuit !

S'ils savaient qu'elle se couche déjà à cause de la tonne de chimie qu'elle s'est prise dans la tronche, elle n'aurait aucun follower. Ou alors seulement quelques-uns par pitié ou voyeurisme.

16

J'attends mon père devant le poêle, recroquevillée dans le fauteuil en cuir. Je regarde les flammes, je pense à Gloria, je pense au dénommé Ugo, je pense à tout ça. Les vagues de ma colère m'ont atteinte en profondeur. Je déteste la fille de cet après-midi, incapable de comprendre qu'il me testait. Je suis allée exactement là où il voulait m'emmener. J'ai réagi plus fort que ce qu'il avait imaginé. Je me fiche pas mal de lui avoir fait mal. Mais je ne veux plus jamais être cette fille. Et maintenant, une boule enfle dans ma gorge. Qu'est-ce que je vais dire à mon père ?

La pluie tambourine toujours sur les tuiles. J'attrape mon ukulélé. La répétition lancinante des notes répond au rythme des gouttes qui tombent et tombent. De frette en frette, mes doigts se promènent, sur les cordes. J'enchaîne ensuite sur un morceau de bossa nova que mon père m'a appris : *Desafinado* d'Antônio Carlos Jobim. *Desafinado* en brésilien, ça veut dire « désaccordé », et c'est exactement ce que je ressens. Je suis une fille désaccordée, j'ai l'impression de ne plus sonner juste, comme un instrument de musique bastringue dont les cordes ne répondent plus qu'en couinant et beuglant. Alors je joue le morceau pour tenter de rétablir cette chose déglinguée en moi. Je me concentre sur le rythme syncopé, alternant à contretemps les temps faibles et les temps forts. Je murmure : « Desafinado. » Je m'imprègne de sa suavité. Je suis tel un bateau naviguant sur les vagues de la bossa et la mélancolie de la mélodie me fait chavirer. Je suis éponge. La musique se répand à l'intérieur de mon être en minuscules ruisseaux, elle s'introduit dans mes cellules et trouve demeure dans ma poitrine. Desafinado. La langue brésilienne résonne caressante dans ma bouche. Je chante la peine et la tristesse, je chante la musique qui est plus forte que tout. Par moments, la chanson frôle avec le faux et les disharmonies. Ce n'est pas simple. Avec la bossa nova, il faut répéter, jouer et jouer pour ne pas glisser totalement vers le moche. Mais aujourd'hui, il me semble que ma voix est feutrée et juste comme il faut. Je reviens vers moi, vers la douceur. Je n'entends même plus la pluie tomber. Et quand au bout d'un moment, je lève la tête, mon père est là, devant moi, dégoulinant, qui me regarde.

– J'adore te voir jouer, ma Fifi.

– Mais tu es là depuis quand ?

– Oh, depuis cinq minutes…

– J'ai rien entendu.

– Tu étais concentrée.

– J'étais vraiment ailleurs…

– Oui, complètement ! Tu as beaucoup progressé, je trouve.

– C'est vrai ?

– Tu n'as pas choisi la chanson la plus simple. Et avec la

bossa, c'est facile de faire de la musique d'ascenseur. Et toi… tu fais de la bossa !

– Je l'ai sentie aujourd'hui.

– C'est bien. Continue ma fille. Tu commences à avoir un très bon niveau.

– Merci, papa.

– Bon, c'est pas tout, mais il faut vider les sacs et ranger. Tu m'aides ?

– Finalement, tu as fait les courses ?

– Deux trois trucs, oui…

– Ça a été, ta réunion ?

– Génial !

– Raconte…

– Je me suis inscrit ! Je suis très content, si tu savais…

– Tu vas pouvoir parler vélo avec d'autres personnes que moi.

– J'aurai un entraînement par semaine. Tu ne voudrais pas venir avec moi ?

– Je t'ai déjà dit que j'aime faire du vélo avec toi, mais avec d'autres, ça ne me dit rien.

– Bon, c'est vrai qu'il n'y a pas beaucoup de jeunes…

– Encore une bonne raison de ne pas te suivre !

– Par contre, ça ne te dérange pas si je fais des sorties de temps en temps ?

– Ben, non.

– Je te laisserai seule du coup. Ça m'embête, quand même.

– Papa, je n'ai plus huit ans et puis je vais me faire des amis.

– Oui, c'est vrai, tu as déjà Gloria.

Mon sang se fige. Le prénom de Gloria. Mes jambes sont molles.

– Ça va, Fifi ? T'es toute blanche.

Ça monte, ça monte. Ma peine, que j'avais mise de côté, enfle de nouveau. Je n'arrive plus à la contenir. Je la laisse grossir et grossir et s'échouer au bord de mes paupières, puis déborder sur mes joues.

– Mais Fifi, qu'est-ce qui t'arrive ?

Mes larmes sortent. Je hoquette. Je respire avec peine. Je n'arrive pas à parler. Mon père est désemparé.

– C'est à cause de moi ?

Je tourne la tête.

– Tu sais, je peux tout annuler, ça ne me dérange pas, tu es plus importante que tout.

– Non, non, je parviens à dire.

– Mais quoi ? Dis-moi…

– Gloria…

Et là, tout sort, ma peur, mes angoisses. La L.E., c'est pas un jeu, c'est sérieux. Le Pio, pareil. J'ai peur pour Gloria. Je l'ai sentie si fatiguée au téléphone. Je craque. Je dis à mon père tout ce que je ne supporte plus. La mort. La mort, je n'en veux plus. Je veux que les gens autour de moi soient vivants pour toujours.

Mon père s'assied à côté de moi. Me prend dans ses bras.

– Ma Fifi…

Il me caresse la tête.

– Ma grande Fifi…

Il m'enferme dans ses grands bras.

Il me protège.

Je m'apaise auprès de mon père et au moment où je sens ses avant-bras se relâcher, je lève la tête et le regarde droit dans les yeux :

– J'ai autre chose à te dire…

– Je t'écoute, me dit-il, attentif.

Je raconte mon altercation avec un garçon. Je ne prononce pas son prénom. Je n'ai pas envie de le nommer. Je dis juste « un garçon », pour qu'il reste à distance. Je lui dis qu'il m'avait provoquée dès le premier jour de la rentrée et qu'il avait déjà traité Gloria de galeuse. Je lui raconte tout, ainsi que mon passage chez la CPE.

– Eh bien, quelle journée ! s'exclame mon père.

Il ne me pose pas davantage de questions sur l'identité du garçon, ni sur la confrontation chez la CPE.

– Je prépare le dîner. Reste devant le poêle, je reviens avec un plateau-repas.

Il connecte son téléphone au Bluetooth et met de la musique.

J'entends le bruit des couverts, des assiettes, je ferme les yeux.

Il pleut toujours. Mais moi, c'est fini, je ne pleure plus.

J'écoute juste la pluie.

17

Ce matin, lorsque j'ai ouvert les volets, il n'y avait plus un nuage, le ciel était de nouveau bleu azur. Mon père m'a donné rendez-vous en fin d'après-midi, après les cours. Nous prendrons nos vélos et nous irons rouler dans la campagne. Pour une petite heure, avant la nuit.

Mais d'abord, il y avait le collège. Et au collège, il a Ugo. Je n'ai bien sûr pas pu l'éviter. Dès que je l'ai croisé, mes poils se sont dressés. L'ennemi était là. Mon corps était prêt à réagir. Au cas où… J'ai eu peur de recommencer, j'ai baissé la tête, je me suis concentrée sur le sol et sur mes pieds. Pour me calmer, pour laisser hier à sa place d'hier.

Je n'ai pas pu empêcher non plus les petites blagues des uns et des autres.

– Vous allez encore vous étriper tous les deux ?

– C'est toujours l'amour fou entre vous ?

– Ugo, tu tiens le coup malgré tes blessures ?

Ni lui ni moi n'avons eu envie de répliquer. J'imagine qu'avec le temps tout le monde oubliera. Mais la honte aujourd'hui me colle encore à la peau et je voudrais qu'ils soient tous amnésiques des dernières 24 heures.

Et puis, comme si ce n'était pas suffisant, la CPE qui, elle aussi, a de la mémoire, me fait appeler une nouvelle fois dans son bureau pour que nous fassions un point. Je suis assise face à elle. Elle me parle, je l'écoute. Elle me dit exactement les mêmes trucs qu'hier, tout en appuyant un peu plus fort sur certains points : le respect, l'écoute, la non-violence. Elle me prend pour Gandhi ou quoi ? Ce rendez-vous n'est qu'une perte de temps. Mais la CPE semble avoir décidé de passer tout l'après-midi avec moi. Je me concentre sur chacune de ses phrases, son discours me donne terriblement envie de dormir, mes paupières sont lourdes, prêtes à se fermer. Il y a des journées qui paraissent aussi longues que des années. Je pense à Gloria. À ses journées bien pires encore. Soudain, la CPE se lève en faisant grincer sa chaise. Je comprends qu'elle en a fini avec moi. Lorsque je sors, je tombe sur lui. Il attend dans le couloir. C'est son tour, j'imagine…

Lorsque je rentre à la maison, mon père est dehors, penché sur les vélos, occupé à faire les dernières vérifications. Nous sommes tellement mordus que nous en avons chacun deux : Un pour la route, un pour les chemins. Aujourd'hui, il a sorti les VTT. Ça promet d'être costaud et c'est exactement ce dont j'ai besoin.

– J'ai réfléchi à notre itinéraire, me dit-il, à peine je franchis la clôture.

– Je pose mon sac, je me change et j'arrive !

J'attrape au vol un paquet de biscuits pour en manger quelques-uns. J'enfile ma tenue de cycliste, je prends mon casque et je ressors. Il n'y a pas de temps à perdre.

– Ça a été, ta journée ?

– Ça va…

– Mieux qu'hier, j'espère…

– Ah, çà, c'est pas difficile.

– Au fait, ta CPE m'a appelé.

– Ah.

– Elle était charmante et plutôt compréhensive.

Je baisse la tête.

– Tout est arrangé maintenant.

– Oui.

– Bon alors, tout va bien. Tu es d'accord pour qu'on monte sur les crêtes ?

– Carrément !

– Par contre, il faudra qu'on roule à une bonne allure pour rentrer avant la nuit.

– Pas de problème !

Nous commençons par suivre le canal. Nous filons vite et devons être attentifs aux racines des arbres qui traversent parfois le sentier. Lorsque nous sommes à proximité du chemin qui grimpe vers les collines, je me prépare mentalement. Je commence à réduire mes vitesses, la montée est rude, surtout la fin qui t'arrache les tripes. Je dois ne pas forcer. Mon père me précède, comme d'habitude. Mon regard est rivé sur les creux et les bosses, mes pieds sont ancrés dans les pédales, ils donnent des coups, en avant, un peu plus, malgré le chemin qui se raidit, les roues qui patinent parfois. J'entends un froissement d'ailes au-dessus de moi. Certainement, un rapace des collines. Mes abdos se contractent, c'est le moment de donner un dernier coup de collier, il doit rester trois cents mètres, ce n'est pas beaucoup, mais ce sont les plus éprouvants. J'inspire et j'expire, je m'appuie sur mon souffle pour m'aider à arriver au sommet. La première fois que nous avons roulé ici, surprise par le dernier raidillon, je m'étais arrêtée, épuisée et vaincue, avant d'arriver en haut. Mais aujourd'hui, je sais à quoi m'attendre.

– Allez, Fifi ! Tu y es presque ! me crie mon père qui doit être déjà arrivé.

Je me hisse sur mes pédales, je me balance un coup à droite, un coup à gauche, à mon rythme. J'aperçois la crête, puis le casque de mon père.

De l'autre côté, la brume s'élève au-dessus des prairies. L'humidité est en train de monter. Nous avançons à allure régulière sur la crête, nous dominons la vallée. La montée m'a épuisée, je suis en sueur, mais à présent, mes muscles se sont réchauffés et je roule tranquillement, l'effort m'a donné des ailes pour poursuivre jusqu'au prochain vallon. Ensuite, c'est la descente, tout schuss jusqu'à la maison, le sourire aux lèvres.

18

Aujourd'hui, mon père est parti avec son club de cyclotourisme pour une virée de plus de cent kilomètres. Il a préparé son vélo de route, l'a astiqué et huilé. Ça lui a pris presque deux jours. Un vélo, ça se soigne, ça se bichonne. Mon père n'a pas voulu me laisser seule à la maison. Sa collègue Élisa lui a proposé que je reste avec son fils et sa mère.

– Ça me rassurerait si tu étais avec eux…

– Mais je les connais pas, ces gens, moi !

Je préfère de loin m'enfermer à clé dans la maison. J'en ai parlé à Gloria qui est rentrée du Pio depuis trois jours.

Viens chez nous ! Ça me ferait plaisir de te voir. J'en ai marre d'être seule.

– Et tes parents, ils seraient d'accord ? je lui demande.

– Ils ont très envie de te rencontrer !

Lorsque j'arrive, un grand sourire m'accueille. Gloria, plus blanche que jamais. Je lui tends le gâteau que j'ai préparé.

– C'est quoi ? me demande Gloria.

– Un moelleux au chocolat.

– Oh, c'est super gentil ! me dit-elle en m'embrassant sur la joue.

– C'est pour que tu reprennes des forces.

– Merci, Zoé. Mais tu sais, je vais beaucoup mieux.

Je ne lui dis pas que je la trouve affreusement pâle, je ne lui dis pas non plus qu'elle est si maigre que j'ai peur qu'elle se brise en morceaux.

Ses parents sont adorables. Pietro, son petit frère, me saute dans les bras. Il doit avoir trois, quatre ans... Il me fait un câlin, mais très vite je le repose à terre, je ne suis pas très à l'aise avec les enfants. Ils sont trop petits, ou moi bien trop grande avec mes bras qui n'en finissent pas. Il se jette alors sur Gloria, qui le porte jusqu'à sa chaise, dans la salle à manger. Son père arrive à table avec un poulet rôti accompagné d'une purée de pommes de terre maison. Ses parents me questionnent, ils veulent savoir comment se passe le nouveau travail de mon père et si nous nous acclimatons bien à notre nouvelle vie.

– Laissez-la respirer ! s'exclame Gloria, elle n'est pas venue pour un interrogatoire.

– Je peux lui poser une question, moi ? s'exclame son petit frère.

– Une seule. Pas une de plus, lui dit mon amie.

– Pourquoi tu viens voir Gloria ?

– Parce que ça me fait plaisir.

– Pourquoi toi, et plus ses autres copines ?

– J'ai dit, une seule question ! s'écrie Gloria.

– Oui, ça suffit Pietro, laisse Zoé tranquille, lui dit sa mère.

– Mais…

– Mange mon chéri, ça va être froid…

Après le repas, nous filons dans sa chambre avec le gâteau entamé. Gloria s'allonge sur son lit. Je lui tends mes cahiers.

– Je t'ai préparé les cours de la semaine, je t'ai mis des post-it sur les pages concernées.

– Je ferai des photocopies plus tard. J'ai un petit coup de fatigue…

– Tu veux que je m'en occupe ?

– Non, non, c'est bon… On regarde un film sur mon ordi ?

– Oui, pourquoi pas.

– *Les Demoiselles de Rochefort*, tu connais ?

– Je suis fille d'un prof de musique, je te rappelle…

Je l'ai vu un nombre incalculable de fois. Mon père me disait que ma mère lui avait toujours fait penser à Françoise Dorléac, la belle brune du film. Françoise Dorléac bouge et moi, chaque fois, j'essaye d'imaginer ma mère en train de danser. Nous commençons à visionner le film. Les forains arrivent à Rochefort et investissent la place en dansant. Je connais les chansons par cœur, je me mets chantonner, je ne peux pas m'empêcher. Mais bien vite, je me rends compte que Gloria s'est endormie. Les scènes s'enchaînent. Gene Kelly danse dans la rue avec des enfants avant de sauter dans sa voiture et de chanter à tue-tête, quand j'entends un murmure :

– J'ai dormi ?

– Un peu, oui…

Gloria se frotte les yeux puis s'assied en tailleur.

– Je suis désolée, je pensais que j'étais plus en forme.

– C'est pas grave…

– Je crois toujours que je vais mieux supporter le traitement. Et puis, en fait, non.

– Pas grave, je répète.

Elle se lève.

– Je vais chercher de l'eau, tu en veux ?

– Euh oui, merci, tu veux un coup de main ?

– Non, ça va, cette petite sieste m'a fait un bien fou, me dit-elle en souriant.

Je ne sais pas si son sourire est forcé. Mais je m'oblige à la croire. Pendant qu'elle va chercher de l'eau, je coupe deux parts de gâteau.

– Tiens, un morceau pour toi…

– Un petit, s'il te plaît…

– Un gros, tu dois reprendre des forces.

– Ça se voit tant que ça que je suis crevée ?

– Non, je mens, mais le chocolat, c'est du magnésium et c'est bon pour toi, je lui dis en me mettant debout moi aussi.

Elle me regarde avec un petit sourire amusé.

– Tu veux être mon coach ?

J'éclate de rire.

– Tu te sens comment ?

– Flagada…

– Finis ton morceau de gâteau !

– Hé ! Tu veux me gaver comme une oie ?

Je lui demande ensuite de s'habiller pour que nous sortions marcher. Je ne sais pas si j'ai raison. Mais j'ai lu un article sur la L.E. où il était écrit que le sport était important, et qu'il faut souvent pousser les patients à faire de l'exercice physique, même s'ils s'en sentent incapables. Sauf que je ne suis pas infirmière… Mais si on ne va pas loin, ça devrait aller.

– Bon, je vais prévenir mes parents qu'on sort…

Elle prend une veste, un bonnet et une écharpe et descend les escaliers.

– C'est une bonne idée, dit sa mère. Tu prends ton portable ?

– Oui, t'inquiète pas.

Je les interromps.

– J'ai le mien aussi.

– Bon, alors, c'est parfait. Promenez-vous bien, les filles.

Avant de quitter la maison, je demande à Gloria :

– Tu prends ton appareil photo ?

– Ah oui, c'est vrai…

Nous prenons la petite route qui monte. Nous avançons à petits pas, j'ai l'impression de marcher à côté d'une enfant. Lorsque nous nous rapprochons du canal, je lui montre le sentier qui mène chez moi.

– Mais je n'y arriverai pas !

– On essaie…

– Et si je ne tiens plus sur mes jambes ?

– Je te porterai.

– Tu es sûre ?

– Oui.

Je ne suis pas sereine, mais je sais qu'au moindre souci, ses parents ne sont pas loin.

– Tu pourrais prendre des photos pour les poster sur Instagram…

– Tu as raison. Ça changerait de mes natures mortes.

Ainsi, nous suivons le minuscule sentier. Gloria s'accroche à moi par moments, mais ses joues rosissent et son pas s'accélère un peu. Avec son appareil photo, elle mitraille la berge, les chênes, les platanes qui plongent leurs branches dans l'eau. La famille de canards qui file à la queue leu leu. Mais au bout de quatre cents mètres, Gloria s'arrête.

– Je ne peux pas aller plus loin. C'était bien, mais je voudrais rentrer.

– C'est un début, je lui dis. Demain, si tu veux, on reviendra marcher ici.

Gloria sourit.

– Regarde ce chêne, c'est notre repère. Demain, tu essaies de faire dix pas de plus. Ou peut-être vingt, trente ou cinquante. L'essentiel est de progresser chaque jour.

– Merci, Zoé, me dit-elle, les larmes aux yeux. Parfois, j'ai l'impression que je ne serai plus jamais comme avant.

– Mais pourtant, tu y arrives, puisque tu reviens au collège.

– Je sais…

– Gloria, tu es la fille la plus courageuse que je connaisse. Tu as une baisse d'énergie, c'est normal. Mais je sais que tu iras bien mieux dans quelques jours.

Gloria m'attrape par le bras.

Nous rebroussons chemin, collées l'une à l'autre.

Le soir même, elle poste sur son compte Instagram les photos de notre promenade :

Suivre le courant, des petits bonds vers l'avant
#aprèsmididerêve#amitié
#maindanslamain#aujourd'huiestbeau

19

À l'école de musique, mon père a pris ses marques. La journée, il rencontre des classes, il accompagne la prof de chant avec son ukulélé, il reçoit des élèves individuellement. Bientôt, il pourra constituer un petit groupe. Il est confiant, cette nouvelle équipe l'enthousiasme. Le directeur souhaite que l'école s'ouvre tout au long de l'année à de nouvelles propositions. Ce qui tombe bien pour mon père. Cette fois, ce sera peut-être différent. J'aimerais une vie stable. Dans la même maison. Dans la même ville. Une vie normale, quoi. Serait-ce possible ?

Du côté de mon père, c'est pareil, nos multiples déménagements l'ont usé. Je sais qu'il doute. De lui, de la vie qu'il m'offre depuis que maman n'est plus là. Il fait son possible pour ne rien me montrer et plaquer un sourire sur son visage.

Mais depuis que nous vivons ici, mon père est joyeux. Il a de l'énergie, il a des projets et puis, il y a aussi Élisa. Je ne l'ai pas encore rencontrée, mais mon père égrène son prénom régulièrement. Ils partagent les mêmes passions, le vélo et la musique. En plus, ils élèvent seul leur enfant. Visiblement, ça les rapproche… Son fils doit avoir mon âge, m'a dit mon père. Il est au collège lui aussi. Mais il cause beaucoup de soucis à sa mère. Il paraît que la CPE l'appelle régulièrement pour se plaindre. Une chose est certaine, le récit de mon père ne me donne pas envie de le connaître. Mon père voudrait les inviter un soir. Dîner avec un cassos du collège, non merci ! Je vois assez leurs tronches la semaine.

– On verra, je lui dis.

– Ça pourrait être sympa…

– Pas tout de suite, je lui réponds, en le regardant droit dans les yeux. Les types du collège, c'est pas ma passion…

– Bon, de toute façon, tu auras l'occasion de le croiser, sa mère l'a convaincue de se mettre au ukulélé. Je vais bientôt commencer à lui donner des leçons à la maison.

– Oh non ! je râle.

– Fifi, tu exagères, c'est pas la première fois que tu vois passer des gosses chez nous.

– Les gosses, d'accord, mais les collégiens que je peux croiser tous les jours, c'est pas pareil.

– Tu n'auras qu'à monter dans ta chambre.

– C'est ce que je ferai, je lui réponds sèchement.

– Pas la peine de le prendre comme ça !

– Je le prends comme je veux. C'est aussi ma maison.

Mon père me regarde incrédule.

Dans sa tête, il doit être en train de se dire qu'il ne reconnaît plus sa fille.

Ou un truc du genre.

Puis, il regarde sa montre :

– Holà ! Je vais être en retard pour l'entraînement ! Je file retrouver les autres !

– Et Élisa… je marmonne.

Mais mon père n'a pas entendu. Ou bien n'a pas voulu entendre.

Il réapparaît en tenue de cycliste, casque sur la tête.

– Je serai de retour dans une heure et demie environ. Attends-moi, je m'occupe du dîner.

– OK, je réponds en ronchonnant.

– Qu'est-ce que tu as ? Tu fais une drôle de tête.

– Non, non, ça va très bien. T'inquiète pas, j'ai une tonne de devoirs pour demain.

Je le vois sortir le vélo du garage, il se retourne une dernière fois pour me faire signe, puis il part. Je suis en colère après mon père. Je ne sais pas pourquoi. On ne s'est jamais disputés. Il n'y a jamais eu un mot plus haut que l'autre entre nous. Et là, je sens cette petite chose pleine de mauvais sentiments monter et grossir en moi. Serais-je en train de devenir méchante ? Une mauvaise fille qui ne supporte plus rien ? Je m'avance vers le miroir du salon. Je me regarde. Qui suis-je donc ? Qu'est-ce qui me rend si amère ?

Soudain, je baisse la tête. Je comprends.

C'est à cause d'Élisa.

Je ne la connais pas, et déjà je lui en veux d'exister.

Je suis jalouse. Voilà tout.

J'ai besoin de prendre l'air, moi aussi… Je reporte ma tonne de devoirs à plus tard. Je ferme la maison et je pars courir sur le chemin du canal. Je cours, je cours. En sueur, je cours le plus loin possible, jusqu'à l'épuisement. Quand je rentre, je fonce sous la douche, je laisse ruisseler l'eau brûlante sur mon corps, je ne bouge plus. Soudain, je pense à demain. Demain, Gloria sera de retour au collège. Demain Gloria est là. Et c'est une très bonne nouvelle.

Je sors de la douche et vais me blottir sous la couette pour me mettre enfin au travail. Les exercices de maths sont plus faciles que prévu, le contrôle d'histoire porte sur une leçon que je connais déjà bien, je finis l'anglais et l'italien en moins de deux. J'enfile mon pyjama et je me précipite toujours joyeuse vers la cuisine. Je vais faire un gâteau pour mon père. Je sais que je lui ferai plaisir. Et c'est ce dont j'ai le plus envie à présent.

20

Gloria m'attend devant le portail du collège. Toujours pâle. Elle paraît pourtant plus en forme que dimanche.

– Je suis venue à pied, me dit-elle tout de suite.

– Bravo ! Je suis si contente que tu sois là, tu m'as manqué.

– Toi aussi !

Puis elle se met à tourner sur elle-même, les bras écartés.

– Je respire ! Qui aurait cru que venir au collège me mettrait dans une telle joie ?

La sonnerie retentit. Nous entrons dans la cour et nous nous dirigeons vers la salle de physique. Gloria est bavarde, elle rit aux éclats pour un rien. Le couloir est bondé comme d'habitude. On se fait bousculer comme d'habitude. Mais la bonne humeur de Gloria me change les idées après une nuit peuplée de cauchemars. Dans mes rêves, mon père aimait une autre famille, il se désintéressait de moi, il me disait qu'il s'était trop occupé de sa fille, et qu'il fallait à présent qu'il vive pour lui-même. Je me suis réveillée en sueur, terrifiée. Je suis allée boire un verre d'eau pensant pouvoir passer à autre chose. Mais quand je me suis rendormie le rêve a continué et c'était tellement horrible que j'ai crié. Mon père est arrivé, il m'a enveloppée dans ses bras et m'a bercée comme lorsque j'étais enfant. Le jour était en train de se lever, c'était trop tard pour se rendormir. Il a préparé le petit déjeuner. Nous l'avons pris ensemble assis sur mon lit. Je n'ai pas osé lui raconter mon rêve. Il a bu son café et moi mon lait. Ça a suffi pour me rassurer. Les rêves sont des rêves. Et même si j'étais fatiguée de ma courte nuit, je me suis préparée en pensant à Gloria que j'allais retrouver.

À peine arrivées, Achille se joint à nous. Il aime beaucoup Gloria, ça se voit, il boit ses paroles. Je me détache d'eux pour les laisser ensemble. Je fais quelques pas dans la cour, je regarde autour de moi et mes yeux se retrouvent plantés dans ceux du dénommé Ugo. Je ne détourne pas mon regard. Lui non plus. Mais Gloria m'appelle. Je ne me retourne pas immédiatement. Je le fixe encore. Histoire de lui montrer qu'il ne m'impressionne toujours pas.

– Zoé ! Oh, oh ! me dit Gloria, tu m'entends ?

– Euh, oui… quoi ?

– Achille me dit qu'on a une rédaction à faire pour vendredi, t'es au courant ?

– Euh, ça ne me dit rien…

– Ça va ? T'as l'air bizarre… me demande Gloria, en fronçant les sourcils.

– Oui, tout va bien. Pour la rédac, je ne me souviens plus… C'est quoi le sujet ?

– *Imaginez un rêve et son réveil*, enchaîne Achille.

– Ça tombe bien, je réplique.

– Quoi donc ? me demande Gloria.

– Je fais des rêves super bizarres en ce moment.

– Moi aussi, je fais des cauchemars presque toutes les nuits, dit Gloria.

On en reste là avec nos rêves.

À la sortie, nous discutons encore un peu avec Achille avant de rentrer. Puis je raccompagne Gloria jusqu'à sa maison. L'hiver est en train de tirer sa révérence. La douceur du printemps semble se précipiter un peu plus jour après jour. La mère de Gloria me propose d'entrer un moment pour goûter les sablés qu'elle vient de préparer. Pietro me saute dans les bras, comme chaque fois. Je commence à m'habituer à ses explosions de joie. Je fais une escale de quelques minutes dans cette maison bienveillante, qui m'accueille toujours avec chaleur.

Lorsque je les quitte, je pense à mon père, j'ai hâte de lui raconter le retour de Gloria. Je me presse. Au loin, une silhouette sur le sentier. Sans doute un de ces retraités qui ont l'habitude de se promener dans le coin. Peu à peu, l'allure du promeneur se précise. Il porte un sac à dos et son look n'est pas celui d'un vieux. J'accélère à nouveau, quand je le vois tourner sur notre chemin. Tout à coup, je comprends que le sac à dos est en réalité une housse de ukulélé. J'avais complètement oublié que mon père donnait ce soir sa première leçon particulière. Mais plus je me rapproche, plus cette silhouette me fait penser à quelqu'un. Le marcheur, qui a dû entendre mes pas, se retourne. Et là, je me prends un coup dans le ventre. Non, ce n'est pas possible. Pas lui. Il me regarde tout aussi surpris que moi. Puis il se reprend vite et se presse vers la porte. Mon père, qui devait l'attendre, le salue et le fait entrer. Pour me calmer, je me cache derrière le tronc d'un vieux cyprès. Alors qu'il y a huit cents élèves au collège, il faut que ce soit lui, le premier élève de mon père.

J'ai deux solutions : soit je reste planquée ici, soit je m'enferme dans ma chambre. Je choisis la seconde solution et me précipite vers la maison. Sur le palier, je tourne la tête. Il est déjà assis sur une chaise et me regarde penaud. Je grimpe quatre à quatre les marches de l'escalier avant que mon père ne m'aperçoive et je m'enferme dans ma chambre. Mes mains tremblent. Il faut que je me ressaisisse. Mais des pas rapides montent. Mon père ouvre la porte et me regarde, furieux :

– Non mais, Fifi, tu pourrais dire bonjour, non ?

– Non.

– Qu'est-ce qui t'arrive ? Ça va pas ?

– Ça va très bien, je réponds froidement.

– Il me semble que je t'ai appris la politesse…

Mon père ne comprend rien. J'ai envie de gueuler. Mais la porte de ma chambre est grande ouverte. Et je ne tiens pas à ce que l'autre nous entende.

– Ferme la porte, je lui dis sèchement.

– Quoi ?

Je mets un doigt sur ma bouche je murmure un chut, je lui signifie de se taire, mon père interloqué pousse la porte.

– Fifi, franchement, j'aime pas quand tu me parles sur ce ton. Mais alors pas du tout ! Qu'est-ce qui te prend ?

– Tu sais au moins qui est ce garçon ?

– Oui, c'est le fils d'Élisa.

Mon père confirme ce que j'avais déjà compris. Je m'assieds et prends ma tête entre les mains.

– C'est surtout le type avec qui je me suis engueulée ! Celui que j'ai frappé !

– Oh, merde…

– Ouais, tu peux le dire, merde !

Il ne manquait vraiment que ça.

Le gringalet dans mon salon.

Ugo, le fils d'Élisa !

– Bon, je descends. Il m'attend.

Et moi, je me précipite sur mon téléphone.

21

Z : Gloria, tu vas pas me croire !
Devine qui est chez moi en ce moment !
G : Ben, j'sais pas…
Z : Quelqu'un d'imbuvable.
G : …
Z : Et qui prend une leçon de ukulélé avec mon père…
G : Non ? Pas lui, quand même ?
Z : Si !
G : Mais comment est-ce possible ?
Z : C'est du délire !
G : C'est le hasard ?
Z : Pas vraiment. Si tu savais… Ugo est le fils d'une collègue de mon père.
G : Non ?
Z : Le fils de la prof de violoncelle !
G : C'est dingue ! Et il t'a vue ?
Z : Oui et je peux te dire qu'il n'en menait pas large, lui non plus.
G : Tu m'étonnes !

Z : Ah oui, tu peux te moquer !
G : Excuse-moi, mais je trouve ça drôle !
Z : Gloria, je suis au bout de ma vie !
G : Ma pauvre…
Z : Pourquoi, ça m'arrive à moi ?
G : Et ton père, il est au courant ?
Z : Je viens de le lui apprendre.
G : Et alors ?
Z : Il est bien emmerdé.
G : Sans blague.
Z : Qu'est-ce que je fais maintenant ?
G : Attendre que le cours finisse, j'imagine…
Z : Mais demain ? Au collège ?
G : T'as pas l'intention de sympathiser avec lui ?
Z : Surtout pas ! T'es folle ou quoi ?
G : Alors, garde l'attitude que tu as depuis le début.
Z : Je continue à l'ignorer, alors… Je voudrais qu'il sorte de ma vie ! Mais tellement !
G : C'est mal barré pour aujourd'hui.
Z : Merci pour ton soutien, Gloria.
G : Il n'est chez toi que pour une heure…

Lorsque nous raccrochons, je prends mes écouteurs, je les enfonce dans mes oreilles et j'écoute de la musique. Je ne veux pas entendre Ugo jouer ni mon père lui parler. Pourtant, je ne peux pas m'empêcher de penser à cette petite séance musicale, en bas, chez moi, avec mon père qui sait tout, et l'autre qui ne doit pas savoir où se mettre.

22

Je quitte la maison pour retrouver Gloria sur la route. Dans mon ventre, c'est la pagaille. Comme à l'intérieur de mon crâne. Ce n'est pas parce que Ugo est le nouvel élève de mon père que je vais lui parler.

J'accélère le pas quand j'aperçois Gloria en train de m'attendre au bout de sa rue.

– Alors, comment ça s'est passé avec ton père après le cours ?

– Normal…

– Vous en avez reparlé ?

– Pas du tout.

– Vraiment ?

– Oui, enfin pour le moment. Hier soir, on a tout fait pour éviter le sujet. J'ai bien vu que mon père était préoccupé. Comme moi, d'ailleurs. On a dîné ensemble, puis on a passé la soirée chacun de son côté.

Aux abords du collège, je me crispe.

– Ça va bien se passer, tu verras, me dit Gloria.

– Mmouais… Allez, on y va, pas le choix.

Achille nous attend devant le portail.

– Salut, les filles ! Vous avez la pêche ?
– Grosse patate ! je marmonne.
– C'est vrai ? demande-t-il à Gloria.
– Couci-couça. Mais ça va aller...

Alors que nous traversons la cour, j'écoute à peine mes amis. J'évite de tourner la tête. J'entends quelqu'un au loin appeler une Zoé. Je ne me retourne pas. Je ne suis pas la seule Zoé du collège.

Lorsque j'entre dans la salle de SVT, je suis tendue. Tendue vers mon unique but, ma chaise.

– Ça va, Zoé ?

C'est Estelle, une fille plutôt sympa, je tourne à peine la tête dans sa direction.

– Oui, oui, ça va...

Je m'assieds, soulagée, attendant Gloria. Peu à peu, la classe se remplit. Je sors mon cahier, mon livre de mon sac, je l'ouvre à la page de la leçon du jour, comme indiqué au tableau. Gloria n'arrive toujours pas. Et je n'ose pas lever la tête. De peur de croiser *son* regard.

Soudain quelqu'un s'assoit à côté de moi. Ce n'est pas elle.

– C'est la place de Gloria !

– Je sais, me répond Achille, je l'ai accompagnée à l'infirmerie. Elle a eu un petit malaise.

– Quoi ?

– Un étourdissement. J'ai cru qu'elle allait s'évanouir. Elle a préféré aller à l'infirmerie. Elle m'a dit que ça lui arrivait de temps en temps.

– Merde, je ne me suis aperçue de rien. Merde.

– Oui, je sais, j'ai vu que t'étais pas dans ton assiette. Et Gloria n'a pas voulu te déranger.

La prof arrive, le cours commence, et moi je m'en veux terriblement de ne pas avoir été attentive à Gloria.

À l'interclasse, Gloria nous attend Achille et moi devant la salle.

– Ça va ?

– Oui, ne t'inquiète pas, mon dernier traitement n'est pas si éloigné. J'ai encore des moments de fatigue.

– Mais, ça va vraiment mieux ? je lui demande, inquiète.

– Oui, oui… Je suis restée allongée pendant une heure. Si ça recommence, j'irai à l'infirmerie.

Soudain, quelqu'un m'appelle. La même voix que tout à l'heure. Je me retourne. C'est lui.

– Oui ?

– Je voudrais te parler, c'est possible ?

Je lui dis non. C'est pas possible. Je ne peux pas. Je ne veux pas. C'est pas le moment. Il repart, penaud. Je le regarde s'éloigner et je me demande une nouvelle fois pourquoi il fallait que ce soit lui, le fils d'Élisa. Puis je me tourne vers Gloria et Achille. Je réussis à tenir Ugo à distance de mes pensées pendant toute la journée. Le plus important, c'est Gloria. Son malaise était juste passager.

Le soir, sur Instagram, elle poste une photo de pomme, verte et luisante devant une fenêtre à demi ouverte. Et un commentaire :

Croquez des pommes !
#fruit#bonpourlasanté#tenirdebout#vert#lumière

Elle évoque à demi-mot son malaise.
Être tombée dans les pommes, dans les bras d'Achille.

23

Je vais régulièrement chez Gloria, surtout en fin de journée lorsque mon père a son entraînement de vélo. Nous faisons nos devoirs ensemble, c'est devenu un rituel.

Mais aujourd'hui est un grand jour. Gloria a eu une bonne nouvelle. Ses derniers résultats médicaux sont excellents. Pour fêter ça, Gloria met de la musique.

– Zoé, enlève tes chaussures ! Danse avec moi !

La joie de Gloria fait des étincelles. Et je prie intérieurement pour qu'elle ait une vie douce, loin du Pio. Les fenêtres de la chambre sont ouvertes, la brise soulève les rideaux qui tournoient, se déploient en volutes. Nous dansons pieds nus au centre de la pièce. Gloria attrape son appareil photo et mitraille mes jambes.

– Continue à danser ! Fais ce que tu veux avec tes pieds.

Alors je saute, je tape du pied, je me déchaîne.

Gloria me rejoint. Elle tourne. Ouvre ses bras.

Nous fêtons l'espoir et la vie retrouvés.

La porte s'ouvre et les visages joyeux de ses parents apparaissent.

– Ça va, les filles ?

– Très bien ! s'écrie Gloria, oui, très, très bien !

Ils nous observent souriant, puis referment la porte derrière eux.

Lorsque la musique s'arrête, nous nous allongeons essoufflées sur le carrelage. Je regarde Gloria rouge et ruisselante de sueur avant d'oser lui poser la question que j'ai en tête depuis quelques jours :

– Achille, t'en penses quoi ? dis-je en m'asseyant.

– Comment donc ?

– Il te plaît ?

– Pourquoi tu me poses cette question ?

– Parce que toi, tu lui plais.

– Peut-être… Mais moi, je ne sais pas.

– Tu ne sais pas s'il te plaît ?

– C'est pas ça… Mais avec ma tronche d'aujourd'hui, je ne sais pas si j'ai envie.

– Peut-être qu'il s'en fiche, lui…

– Moi, non. Je ne supporterais pas qu'un garçon me touche. J'attends de retrouver mes cheveux. Après on verra.

– Mais…

– Quand je serai prête, tu seras la première au courant. J'espère que je pourrai à nouveau m'aimer un jour.

– Moi, je te trouve magnifique.

– Toi, peut-être. Mais moi, non.

Je me tais. Ça ne sert à rien d'essayer de la convaincre qu'elle est plus belle que la plupart des filles du collège. Je suis persuadée qu'Achille pense la même chose que moi. Mais si les nouvelles de la L.E. continuent à être bonnes, elle pourra, j'espère bientôt, se regarder droit dans les yeux.

Peu de temps après, je rentre chez moi. Lorsque je suis dans le jardin, une voiture que je ne connais pas stationne à côté de la nôtre. Dans le salon, mon père est assis avec une femme. Dès qu'il m'aperçoit, il se lève d'un bond :

– Fifi ! Je te présente Élisa, tu sais, ma collègue de l'école ?

Évidemment que je m'en souviens…

Élisa se lève à son tour et vient me saluer.

– Tu t'appelles Fifi ?

– Fifi, c'est pour papa. Sinon, je suis Zoé.

– Enchantée, Zoé, ton père m'a beaucoup parlé de toi.

Je ne lui dis pas que de mon côté, j'ai aussi beaucoup entendu parler d'elle.

– Comment s'est passée ta journée ? enchaîne mon père.

– Ça va, je suis restée chez Gloria, on a fait nos devoirs ensemble.

Puis Élisa se met à me poser plein de questions. Je suis gênée, hésitante, je prononce des oui, des non, je n'ai pas très envie de répondre, surtout à cette Élisa que je ne connais pas. Mon père est fébrile, il développe les réponses à ma place. Ça m'arrange, ça me laisse du temps pour l'observer, elle. Mais alors que mon père lui explique ma capacité incroyable d'adaptation à chaque nouveau déménagement, Élisa se tourne vers moi :

– Il paraît que tu es dans la même classe que mon fils.

– Euh, oui…

– Ça me fait plaisir qu'Ugo rencontre quelqu'un comme toi.

Élisa paraît me considérer comme une fille bien. Mais si elle connaissait la vérité, elle ne se réjouirait pas tant. Je suis celle qui s'est jetée sur son fils. Mais visiblement, ni mon père ni Ugo ne lui en ont touché un mot.

24

Après le départ d'Élisa, je ne dis pas à mon père que je l'ai trouvée plutôt sympathique. Mon père ne fait lui non plus aucun commentaire. Par contre, il sort son ukulélé de sa housse et me fait un geste de la tête. On se comprend. Je monte dans ma chambre pour récupérer le mien. Mon père commence, j'enchaîne. Nos deux instruments se répondent. C'est notre langage. Notre intimité. Et je sais que personne ne pourra nous enlever ça. Entre deux morceaux, mon père s'interrompt.

– Et si on proposait à Gloria de faire un tour de vélo avec nous, dimanche ?

– Ce serait génial, je vais lui en parler.

– On pourrait par exemple aller jusqu'au pont romain, continue-t-il, c'est un magnifique endroit pour pique-niquer.

– Papa, le pont romain, c'est loin…

– Tu trouves ?

– Gloria n'a pas notre énergie.

– Ah oui, c'est vrai…

– À moins que tu fasses un tour de ton côté et que tu

nous retrouves ensuite. Par exemple, près de la vieille chapelle, c'est plus proche. Je pense que Gloria est capable d'aller jusque là-bas.

– Oui, c'est une bonne idée.

– Je vais l'appeler tout de suite.

Je grimpe dans ma chambre pour prendre mon téléphone. Avant de l'appeler, je jette un coup d'œil sur son Insta. Elle a posté de nouvelles photos.

L'ombre d'un bouquet de fleurs se projette sur sa jambe nue :

C'est le printemps, non ?
#reniflonslespetitesfleurs#sortonsnosjambes
#l'ététurappliques?#ombreoulumière?#marcherpiedsnus
#lesbeauxjours#chaleur#oublierl'hiver#ohoui!

Plus bas, une autre image, celle d'une nuée d'oiseaux dans le ciel rougissant d'une fin de journée :

Les oiseaux, attendez-moi, j'arrive !
#legrandvol#youpi#let'sgo#flotter#
oublier#vivre#moiaussijesuiscap'devoler
#lesoiseauxsontnosamis#cuicui

Et juste en dessous, une plume noire et blanche photographiée sur un fond turquoise :

Légère!
#sûredemoi#toujours#cuicuicui#
voleretchanter#deveniroiseau

À peine ai-je appuyé sur son nom dans mon répertoire qu'elle répond:

G : Zoé, ça va?
Z : Tu es libre dimanche?
G : Oui, pourquoi?
Z : T'aimerais faire un tour de vélo avec moi?
G : J'aimerais, oui! Mais je n'ai pas fait de vélo depuis longtemps.
Z : On fait une petite balade, de trois quarts d'heure maximum. Ça irait pour toi?
G : Je pense, oui…
Z : On pique-niquera ensuite avec mon père et on rentrera par le même chemin.
G : Je vais en parler à mes parents.
Z : Et puis, je voulais aussi te dire, j'adore tes dernières photos, elles sont tellement vivantes, tu racontes une histoire chaque fois.
G : Tu me fais plaisir!
Z : Tu n'as jamais pensé à faire une école de photographie?
G : Non. Pas vraiment…
Z : Tu devrais… Moi, je pense que tu y serais à ta place.
G : …
Z : Et puis regarde tous ces gens qui likent tes photos!

G : Mais sur Instagram, c'est pas pareil...
Z : Pourquoi ce serait différent ?
G : Parce que je raconte une histoire qui n'est pas la mienne...
Z : Mais on s'en fiche de la vérité ! Je te parle de la qualité de tes photos !
G : Je sais pas, c'est facile de liker. Un petit clic, et hop, tu es aimé. C'est juste un petit cœur de rien du tout.
Z : Moi, je like pas tout le monde.
G : Toi, peut-être, mais les autres...
Z : Autant de personnes qui aiment tes photos, c'est pas un hasard.
G : J'sais pas... bredouille-t-elle.
Z : Je sais que j'ai raison.

Dix minutes après notre conversation, je reçois un SMS :

C'est OK pour dimanche. Mon père va redonner un coup de neuf à mon vélo. À demain, mon amie !

Je descends annoncer la nouvelle à mon père qui est toujours en train de jouer et chanter.

25

J'attends Gloria devant le portail du collège. Je regarde vaguement autour de moi, espérant la voir surgir. Un autre visage connu s'approche. Un visage décidé. Ugo. Il s'arrête devant moi. Je recule d'un pas.

– Tu as l'air en forme, me dit-il, de manière abrupte, sans même me dire bonjour.

– Euh… oui ?

– T'as l'air bien. Enfin, je veux dire, bien ici, au collège, quoi.

– Mmmoui…

– Enfin, t'as l'air en forme, quoi.

Pourquoi me parle-t-il ?

– Au fait, sympa le ukulélé, j'aime bien.

– Tant mieux.

Ça y est, j'ai compris. Il se croit obligé de me parler parce qu'il prend des cours avec mon père. Je suis la fille du prof, il ne veut pas d'emmerdes. Il me regarde maintenant droit dans les yeux et il ne parle plus. C'est super gênant. Je jette un coup d'œil fébrile autour de moi. Toujours pas de Gloria à l'horizon. Je mords ma lèvre supérieure.

– En tout cas, j'aime bien comment t'es sapée.

Les bras m'en tombent.

– T'es plutôt jolie…

Il tourne les talons.

– À plus…

Et il file vers sa bande de potes.

J'ai envie de me pincer. Ai-je bien entendu ?

Je ne comprends rien. Avec les gens normaux, tu peux mettre des mots sur eux. Tu peux dire s'ils sont sympas, cons, idiots, ou drôles. Tu peux les définir. Mais lui… je ne sais pas qui il est. C'est quoi, cette curiosité soudaine ?

– Zoé !

– Tu m'as fait peur, dis-je en sursautant.

– Tu ne m'attendais pas ?

– Si, si… Mais bon…

– Ça va ?

– Oui, oui, Mais c'est bizarre, Ugo est venu me parler, j'ai pas trop compris pourquoi.

– Qu'est-ce qu'il t'a dit ?

– Qu'il aimait apprendre le ukulélé, mes fringues et il est parti d'un coup, sans me calculer, pour retrouver sa bande.

– Du Ugo tout craché, quoi.

– Oui, c'est ça.

On traverse la cour et on attend avec Achille que la sonnerie retentisse. Plus loin, Ugo et sa bande font fuir les petits en sautant sur les tables de ping-pong en béton. Un pion s'approche et montre à Ugo le bureau de la CPE.

– Il va vraiment se faire virer, murmure Gloria.

– Il joue avec le feu, poursuit Achille.

Et moi, je le regarde prendre le chemin du bureau de la CPE comme presque tous les jours.

Après l'interclasse de 15 heures, on s'achemine vers la salle d'arts plastiques. Il y a un monde fou, on a du mal à avancer. Achille et Gloria sont derrière moi. Sur ma gauche, je vois Ugo et sa bande faire le ménage devant eux, en poussant les élèves qui traînent sur leur passage. Je suis consternée. Puis Ugo se tourne vers nous :

– Ça va, la galeuse ?

Malgré le brouhaha, c'est impossible de ne pas entendre. Je m'arrête. Les mots affluent dans ma tête. Gloria me touche l'épaule. Veut-elle s'appuyer sur moi pour que je la soutienne ou bien veut-elle m'empêcher de me ruer sur lui ?

Mais un pion est là. Il regarde Ugo. Il tourne la tête vers Gloria. Il comprend tout. Ça dure quelques secondes. Il attrape Ugo sans un mot par le col de son blouson et il le pousse en avant vers la vie scolaire. Cette fois-ci, il a été pris en flagrant délit.

– Ça va, Gloria ?

C'est la voix d'Achille, prévenant comme toujours. Je me retourne.

– Tu veux qu'on aille voir la CPE ensemble ? je poursuis. Ça ne peut plus durer.

– Non. Pas la peine. Le pion l'a entendu. Mais il est vraiment con.

C'est la première fois que j'entends Gloria parler ainsi d'Ugo.

– Il est plus que con, je continue, je sais pas ce qu'il a, c'est un grand malade.

– Je comprends pas ce type, dit Achille.

– Allez, allez, nous dit Gloria, on va être en retard. Ce serait encore plus con de nous retrouver nous aussi chez la CPE.

On file en arts plastiques en cavalant dans la cour.

Ce garçon est infréquentable.

C'est pas la peine qu'il essaie de me reparler.

26

Mon père est parti depuis un moment déjà. Son tour à vélo, c'est sacré. Il veut faire au moins cinquante kilomètres avant de nous retrouver, Gloria et moi, à la vieille chapelle. Hier soir, il a préparé le pique-nique. Il en a pris une partie dans ses sacoches, j'emporterai l'autre moitié avec moi. Gloria a déjà posté une photo ce matin. Un gros plan d'une roue de vélo étincelante.

> La grande roue. Tourne, tourne, et ainsi va la vie.
> *#àbicyclette#printemps*
> *#promenadeenpleinair#lesportc'estlavie*

Gloria m'attend devant chez elle, tout sourire et semblant impatiente.

– Si tu te sens fatiguée, ne force pas, je viendrai te chercher, lui dit son père, visiblement soucieux, je mettrai le vélo dans la camionnette.

– Ne vous inquiétez pas, on pédalera à mon rythme, dit Gloria. Et on s'arrêtera de temps en temps.

– Oui, mais…

– Il n'y a pas de « mais », continue Gloria. Passez une belle journée, profitez, pour une fois que vous êtes sans moi.

Pietro s'accroche à ses jambes. Il ne veut pas qu'elle parte.

– Moi aussi, je veux faire du vélo !

– On ira en faire nous aussi tout à l'heure, dit son père.

– Mais je veux partir avec Gloria !

Son père l'attrape et le porte. Il lui parle à l'oreille, le garçon retrouve vite le sourire. Puis ils nous regardent nous éloigner.

Le vélo de Gloria grince un peu malgré les soins que son père lui a apportés. Mais ce n'est pas le couinement qui va nous empêcher de continuer.

Gloria ne pédale pas vite, comme je m'y étais préparée. J'adapte mon allure à la sienne. J'en profite pour regarder autour de moi la campagne que nous traversons. Les arbres fruitiers sont en fleurs et les champs sont parsemés de coquelicots, tandis que, devant nous, les collines se dessinent. Malgré mes efforts pour rouler à la même vitesse que Gloria, je suis encore bien trop rapide. Je me retourne sans cesse, vérifiant qu'elle est toujours derrière moi. Quand elle est loin, je pose mes pieds sur le cadre et laisse mon vélo avancer tout seul, jusqu'à ce qu'elle me rejoigne. Par moments, je me demande si elle va tenir, mais chaque fois que je doute, elle redouble de volonté, pour arriver au bout comme elle se l'était promis au départ. Lorsque enfin nous atteignons notre but, nous posons nos vélos et nous nous installons sur la prairie à côté de la vieille chapelle. Pendant que je sors de mes sacoches le repas et les bouteilles d'eau, Gloria écrit un SMS à ses parents pour les rassurer.

– Je suis épuisée !

– C'était trop long pour toi ?

– Je ne sais pas… C'est un peu normal, je ne fais plus de sport depuis un an. Et puis, toute cette chimie qui me soigne me crève aussi.

– On aurait dû s'arrêter plus tôt.

– Non, Zoé. C'est juste de la fatigue, ça va passer. Mais je suis tellement heureuse d'être là, d'être venue à vélo. C'est un exploit pour moi !

Je lui tends ma gourde. Gloria se désaltère sans un mot. Je reçois un texto de mon père. Il aura du retard et nous propose de commencer le pique-nique sans lui. Il ne m'en faut pas plus pour ouvrir le paquet de chips. Je le vide sur la nappe que j'ai installée et nous nous servons à pleines mains. Les chips crissent dans nos bouches. Gloria se ressert, elle essaie de parler, en s'étouffant à moitié, je lui donne la gourde. Et quand enfin, sa toux se calme, elle se met à parler :

– T'en penses quoi d'Ugo ?

– Tu parles de l'autre jour ? je lui demande.

– Oui… répond-elle.

– Je suis contente qu'il ait été viré. Même pour trois jours. Ça lui fait les pieds.

– Mais moi, je sais pas, ça me gêne qu'on l'ait renvoyé.

– Tu plaisantes ?

– Non, pas du tout. On l'a viré à cause de moi.

– Mais il a t'a traité de galeuse ! Si le pion ne l'avait pas entendu il serait encore en cours en train de dire des saloperies.

– Je sais, mais moi, je ne vois qu'un type mal dans sa peau, qui a envie de tout péter, parce que rien ne va dans sa vie.

– Si tout le monde réagissait comme lui, on s'entretuerait tous !

– Je sais… soupire Gloria.

– Il ne mérite pas autant de sympathie. Surtout de ta part.

Soudain, une voix au loin s'écrie :

– Eh oh, les filles !

Je me retourne. C'est mon père. Dégoulinant de sueur, comme chaque fois. Dès qu'il nous retrouve, il nous raconte en détail son périple et les cinquante kilomètres qu'il a réussi à faire en deux heures. Il a toujours besoin de performance. Je lui tends le paquet de chips presque terminé :

– Dites donc, il ne reste quasiment plus rien !

– Tu aurais fait dix kilomètres de moins, on l'aurait partagé avec toi, je réplique en riant.

Le pique-nique achevé, mon père s'endort pour sa sieste habituelle après ses exploits sportifs. Nous le laissons dormir et partons marcher autour de la chapelle abandonnée. Nous cueillons du thym et des fleurs en gloussant à chaque ronflement de mon père.

27

Dimanche prochain, barbecue à la maison avec Élisa et son fils.

Mon père vient de me prévenir.

N'aurait-il pas pu me demander mon avis avant de lancer l'invitation ?

– Non, non… s'il te plaît, pas lui. S'il te plaît, papa… Élisa n'est pas obligée de venir avec son fils…

Mon père m'a répondu d'un ton sec que je ne lui connaissais pas.

– Il n'en est pas question. Elle n'a pas le choix. Et puis, elle a assez de soucis comme ça.

Et maintenant, j'en veux à mon père. Sa manière de me dire non me blesse. A-t-il donc tout oublié ? Ugo et sa méchanceté ? On dirait que les beaux yeux d'Élisa lui font perdre sa lucidité. Je l'ai regardé froidement et j'ai tourné les talons. Puis j'ai bruyamment monté l'escalier. Depuis, je ne bouge plus de ma chambre. Je lui fais la tête. Il faut qu'il comprenne.

Le lendemain au collège, Ugo et moi, nous nous sommes évités comme d'habitude. Il est probablement au courant comme moi de ce dimanche qui se profile. Passer une journée entière ensemble avec nos parents sera un vrai calvaire. À moins qu'il réussisse à se faire inviter ailleurs... S'il y arrive, je crois que je lui en serai reconnaissante pour toujours.

De toute façon, depuis qu'il s'est fait virer, on ne l'entend plus. Il a dû se faire sacrément remonter les bretelles par sa mère, et aussi, j'imagine, par le proviseur. Il est devenu muet, il n'est plus assis à côté de ses potes. On dirait même qu'il écoute les profs ! La classe est calme maintenant. C'est quand même incroyable, il suffit d'un seul cassos pour transformer une classe normale en terrain de guerre. Mais je me demande s'il va réussir à se taire jusqu'à la fin de l'année.

Nous sommes mardi et il vient chez nous tout à l'heure pour son cours de ukulélé. Je ne raccompagnerai pas Gloria après le collège. Je rentrerai directement à la maison.

– Tu ne le croiseras pas ce soir, dit Gloria, mais dimanche, tu seras obligée...

– Ne me parle pas de ce foutu barbecue ! Je crois que je vais en faire des cauchemars...

Gloria m'écoute, amusée. Mais moi, ça ne me fait pas rire du tout. Et dès la sonnerie de 16 heures, je la quitte pour filer chez moi. Je me hâte, je marche vite, très vite sur le chemin du canal. J'ouvre la porte d'entrée hors d'haleine, mon père me regarde, étonné.

– Ça va ?

– Oui… j'ai… juste couru…

– Tu étais pressée de retrouver ton vieux père ?

– Euh… oui, oui.

Mon père fait mine d'y croire. S'il savait la folie qui règne dans ma tête…

– J'ai fait un quatre-quarts. Sers-toi. C'est pour le goûter.

Je me précipite dans la cuisine, tranche trois parts et les dépose sur une assiette. J'embrasse mon père sur la joue et je grimpe jusqu'à mon repaire. À l'abri.

Bientôt j'entends toquer à la porte, puis mon père ouvrir.

– Entre, va t'installer, j'arrive.

Je parie qu'il va lui chercher un morceau de quatre-quarts. Puis je les entends jouer. Je reconnais tout de suite le son de mon père. Ugo reprend. Il a fait des progrès et s'éloigne du cling cling du débutant. Mon père et lui parlent beaucoup. Ugo pose des questions. Mon père répond. Qui aurait cru qu'un cassos s'intéresserait un jour au ukulélé ? L'instrument le moins punk du monde ! En tout cas, il est plus bavard avec mon père qu'avec tous les profs du collège.

J'ouvre mon agenda. On est mardi. Je compte les jours. 5 jours. Si seulement, il pouvait y avoir un imprévu… Un accident, genre, une jambe cassée, un dégât des eaux, un truc qui les empêche de venir. Ces quelques jours me donnent un peu d'espoir.

28

Mais dimanche est arrivé. Mon père, à peine réveillé, a sorti le barbecue du hangar pour le nettoyer et maintenant il prépare les marinades. J'écris à Gloria.

Pense à moi aujourd'hui. Journée horrible en perspective!

J'ai hâte que tu me racontes.
Mais je pense que ça se passera mieux que tu ne l'imagines.

L'optimisme de Gloria me laisse sans voix. Comment cette journée pourrait-elle bien se passer? Franchement, je ne vois pas. Rien ne peut nous rapprocher, lui et moi.

Je laisse mon père s'occuper du déjeuner et je reste dans ma chambre, prétextant une tonne de devoirs pour le lendemain. Mais au fur et à mesure que la matinée passe, mon ventre se serre. Ma gorge aussi.

– Fifi! Nos invités sont arrivés!

La voix de mon père, un peu trop appuyée à mon goût, m'annonce l'inévitable. Ils sont donc là...

– Fifi, tu viens ?

Je m'extirpe non sans mal de mon lit. Je descends les marches de l'escalier avec une lenteur infinie, comme si j'étais en route pour l'échafaud.

– Bonjour…

Mon père m'a appris la politesse. Certes, ce bonjour est teinté d'hypocrisie, mais je m'en fiche. Car j'espère que cette journée ne sera pas réussie et qu'ils ne mettront plus jamais les pieds chez nous.

– Ah, te voilà, ma chérie, je croyais que tu t'étais endormie…

– Bonjour, Zoé ! Je suis contente de te revoir, me dit Élisa. Je crois que ce n'est pas la peine que je te présente Ugo…

En effet, c'est pas la peine. Il évite mon regard. Je mords l'intérieur de ma joue. Vraiment, ni lui ni moi n'a envie d'être dans ce pétrin.

– Zoé, tu pourrais aller chercher du petit bois pour que j'allume le feu ? me demande mon père.

Je file derrière la maison, soulagée de ne pas être obligée d'être avec Ugo en permanence. Je prends le sac à bûches et le remplis de branchettes bien sèches que nous avons ramassées ces derniers mois.

Quand je reviens, il n'est plus là. Parti. Évanoui. Je tends le sac à mon père. Il discute avec Élisa, tout en préparant le feu. Ils ne font pas attention à moi. Et l'autre qui a disparu… Je me tourne vers la pinède. Au loin, une silhouette se faufile entre les arbres. J'inspire un grand coup. Puisqu'il est là, crevons l'abcès. Je file dans sa direction. Ugo s'est arrêté plus loin. Sa tête est appuyée contre un arbre. Mes chaussures crissent sur le tapis d'aiguilles de pin. Il m'entend et se retourne. Les bras ballants. Les yeux vides. Je m'approche un peu plus. Il ouvre la bouche, mais je ne le laisse pas parler, je veux être la première à m'exprimer.

– Bon, maintenant que nos parents sont amis, qu'est-ce qu'on fait ?

Il referme la bouche aussi sec. Il ne s'attendait visiblement pas à ça. Pensait-il que j'allais l'insulter ? Lui filer des baffes comme l'autre fois ? Je sais me tenir. Surtout un jour comme aujourd'hui où tout est confus, avec nos parents et nous deux réunis.

– Je suis un con, grogne-t-il finalement.

Il lève la tête vers moi.

– Je suis un con, un con, un con ! Un putain de con !

Il donne des coups avec ses Converses contre le tronc d'un pin. De plus en plus fort. Il se défoule sur l'arbre qui n'a rien demandé. Je ne dis rien. Je le laisse s'énerver tout seul. Quand je l'entends crier :

– Aïe !

Il se laisse tomber en grimaçant et tenant son pied droit. Je me rapproche et m'accroupis à ses côtés.

– Tu t'es donné un sacré coup, hein ?

– J'ai dû me casser un truc ! s'exclame-il, en me regardant, effaré. C'est dingue ! Mais quel con !

– Enlève ta Converse, on va voir…

– J'ai trop mal, pleure-t-il à présent.

– Tu veux que je t'aide ?

Il acquiesce. Je délace très lentement la basket, écarte entièrement la languette, puis je tire délicatement la chaussure par le talon. Il grimace, mais je ne l'entends plus geindre. Il enlève sa chaussette. Le gros orteil est gonflé.

– Pourquoi je joue toujours au con ? Pourquoi ?

– Ça peut arriver.

– Non. Il faut toujours que je gâche tout. Tu es bien placée pour le savoir…

Je ne réponds pas. Et maintenant, il s'écroule par terre en sanglots. Je tends la main vers son épaule.

– Assieds-toi, je lui murmure.

Ses yeux sont rouges. Il me regarde piteusement.

– Je suis comme ça, me dit-il. Je fous tout en l'air. C'est devenu une habitude, ça n'étonne plus personne. Même ma mère. Je suis une plaie. Soit je fais mal aux autres, soit je me blesse.

Il ricane.

– Ça t'est déjà arrivé de te blesser comme ça ? je lui demande.

– Oh oui ! Je me suis cassé le poignet, le bras aussi. Je me suis ouvert la main en m'énervant sur une vitre. Quand j'explose, je tape. Et comme un con, je tape où il ne faut pas.

– En effet…

– Et je fais pareil avec les gens. Je ne suis pas fréquentable.

On se regarde tous les deux et on se tait. Mais la voix de mon père s'élève de l'autre côté de la pinède :

– Les saucisses sont cuites ! À table, les enfants !

– On arrive ! je m'écrie.

– Bon, va falloir que je marche…

– Je vais t'aider.

Je me lève et lui tends ma main.

– Accroche-toi à mon épaule… on marchera lentement.

– Qu'est-ce que ma mère va encore me dire ? La pauvre, elle n'a aucun répit avec moi.

– J'en fais mon affaire…

Nous atteignons avec lenteur et difficulté le jardin. Quand Élisa nous voit, elle s'écrie :

– Ugo ! Qu'est-ce qui t'arrive ?

– C'est ma faute, j'interviens. On jouait au foot avec des pommes de pin. Je suis déjà nulle avec un ballon, alors avec une pigne… C'est pire ! Je l'ai envoyée à côté d'un arbre, Ugo a voulu shooter, mais il s'est donné un mauvais coup contre le tronc.

Élisa se précipite sur son fils pour regarder de près sa blessure.

– Oh, là, là, ton orteil est gonflé… il est peut-être cassé…

– Assieds-toi là, dit mon père, en approchant une chaise, viens, Élisa, on va chercher de quoi le soigner dans ma pharmacie.

– Fifi, aide-le à s'installer.

– Tu t'appelles Fifi ? me demande Ugo.

– Pour mon père exclusivement.

– Pas de problème… je ne dirais rien et toi…

– Je ne raconterai rien non plus. Sauf à Gloria, peut être…

– Gloria, dit-il en baissant la tête, elle doit m'en vouloir, je suis un vrai salaud avec elle.

– Tu te trompes, c'est la seule qui te comprenne.

– Je ne supporte pas les gens qui souffrent... murmure-t-il.

– Pour le moment, c'est toi qui souffres le plus.

Mon père revient avec la pharmacie d'urgence.

– J'ai tout ce qu'il faut pour toi, Ugo.

– Papa, ça sent le brûlé, non ?

– Merde, les côtelettes !

– J'y vais ! je m'exclame.

Je réussis à récupérer la viande à temps.

Quand je reviens, mon père et Élisa entourent Ugo qui se laisse faire.

Le soleil réchauffe nos corps sortis de l'hiver et le déjeuner se passe bien. Malgré l'incident. Élisa, cependant, préfère ne pas s'attarder et accompagner Ugo à la Maison de Santé. Il y a une permanence le dimanche après-midi.

Quand ils sont repartis, mon père me dit :

– C'était bien, hein ?

Je ne lui réponds pas. Je l'aide à ranger la vaisselle.

Je ne sais pas si c'était bien ou pas. C'est derrière nous.

Pourtant mon esprit est confus. Il y a le garçon que je connaissais et celui d'aujourd'hui. Je ne sais plus qui est qui.

Lorsque nous avons terminé de ranger, je laisse mon père

et grimpe dans ma chambre. Sur mon téléphone, un message de Gloria.

Alors ? Ton déjeuner ? Horrible ?

Je ne sais pas.

Comment ça ?

Je t'en parlerai demain.

OK. Mais ça va ?

Oui.

Tu es bien mystérieuse...

Oh, il n'y a rien à cacher...
Je préfère juste tout te raconter demain quand on se verra.

Dehors, le ciel s'est assombri d'un coup. On l'a échappé belle pour le barbecue. L'instabilité du printemps nous rappelle à l'ordre, l'air sent déjà les ondées. Pourtant, j'ai envie de sortir. Avant la pluie. J'enfile mon survêtement et descends quatre à quatre les marches de l'escalier en criant :

– Je vais courir !

– Maintenant ? me demande mon père.

– Oui !

– Mais il va pleuvoir…

– C'est pas grave !

– Mais…

Pas le temps d'entendre plus, je claque la porte, et je m'élance sur le chemin. Ma foulée est ample, régulière. J'accélère sur le sentier du canal. Je me libère d'un poids. Bon sang. Que c'est bon… Courir… Je reçois une première goutte. Je continue. J'attends la grande pluie. Je rebrousserai chemin à ce moment-là. Et peu importe si je rentre trempée jusqu'aux os, je prendrai la douche la plus brûlante de toute ma vie.

29

Le lendemain matin, Gloria m'attend avec Achille devant le portail. Ils ont l'air joyeux.

– Vous allez bien ? je leur demande.

– On a passé un super dimanche ! s'exclame Gloria, n'est-ce pas Achille ?

Ce dernier rougit.

– Gloria m'a accompagné au skatepark, j'avais une compétition.

– Et il est arrivé 10e sur 100 !

Achille est cramoisi maintenant.

– J'ai pris des tas de photos. Tu as vu mon Insta ? J'en ai posté quelques-unes hier soir…

– Non. J'y ai même pas pensé, je suis désolée.

Je ne lui raconte pas encore dans quel état j'étais quand je suis rentrée de mon jogging sous la pluie. Après la douche brûlante, je suis allée me coucher directement. Ce dimanche plein d'émotions m'avait épuisée.

Lorsque le portail s'ouvre, nous faisons corps avec le troupeau de collégiens et entrons dans la cour. Sacs rivés sur le dos, voix haut perchées qui se répondent, pas lourds et traînants. C'est reparti pour une journée…

– Alors c'était comment le skatepark ? je lui demande.
– J'ai adoré ! Je ne m'attendais pas du tout à ça.
– Tu t'attendais à quoi ? dit Achille.
– Je sais pas… J'étais pas sûre que ça me plairait.
– Et ça t'a plu ? continue Achille.
– Énormément, je te l'ai déjà dit !

Nous marchons en direction de notre classe, mais Gloria est intarissable.

– Si tu les voyais faire leurs figures, c'est… c'est de l'art ! C'est comme une danse, c'est incroyable. Tu trouves que je vais trop loin, Achille ?

– Non, pas du tout. Je pense comme toi. Mais en général, les autres trouvent que c'est juste fun, que c'est un sport comme un autre.

– Quand tu parles de danse, Gloria, je comprends pas.

– Tu es déjà allée voir les danseurs de hip-hop sur la grande dalle de la mairie ? me demande Achille.

– Euh, oui…

– Eh bien, quand ils dansent, ils dessinent des courbes avec leur corps, ils sautent, ils expriment des choses d'eux. Et c'est de l'art ! Pas du sport. Nous c'est pareil.

– Zoé, il faut vraiment que tu viennes ! me dit Gloria.

– D'accord.

– Et toi, au fait, ton fameux déjeuner ? demande Gloria.

– Je te raconterai plus tard.

Lorsque nous arrivons devant la salle d'anglais, Ugo est déjà là. Ni lui ni moi ne savons si on doit se parler ou pas. On ne se dit pas bonjour. Juste un léger sourire en coin pour nous rappeler qu'hier a réellement existé.

La prof ouvre la porte pour nous laisser entrer, nous nous engouffrons tous les deux en même temps dans la salle. Je lui murmure :

– Ça va ton pied ?

– Rien de cassé.

– Ouf !

– Merci pour hier, ajoute-t-il.

Je n'ai pas le temps de répondre. Je me faufile entre les tables pour m'asseoir à côté de Gloria.

– Tu veux vraiment pas me raconter pour hier ? chuchote-t-elle.

– Tout à l'heure.

Le cours commence.

Ugo et moi ne nous adressons plus la parole de la journée. Nous n'avons aucune raison de le faire.

Quand, après les cours, Gloria et moi laissons Achille pour remonter chez nous, je me lance :

– Tu avais raison. Pour Ugo.

– Ah ?

– Il n'est pas que le type insupportable qu'on connaît.

Puis je raconte tout. Sa violence contenue qu'il a retournée contre lui. Le dégoût et la haine qu'il éprouve pour lui-même, les longs sanglots du garçon perdu et les propos qu'il a tenus, qu'il s'en veut d'avoir été un vrai salaud avec elle.

– Tu ne le détestes plus ? me demande Gloria.

– Non, mais… ça a changé trop vite. Je suis pas prête…

– À quoi ?

– À le voir différemment. Maintenant, je ne sais plus quoi penser de lui.

– Tu me fais rire, me dit Gloria.

– Pourquoi ?

– Tu voudrais que tout soit noir ou blanc. C'est impossible.

– Ben, ça serait plus simple, non ?

– Bien sûr.

– Il faut que je m'habitue à l'idée que ce garçon est peut-être comme nous.

– De toute façon, c'est pas toi qui es perdue. C'est lui.

– Mais ne me dis pas qu'il ne t'a jamais blessée.

– Si bien sûr. Au début, ça a été très dur. Ma psy m'a conseillé d'aller voir la CPE, d'en parler avec un adulte du collège qui pourrait m'aider.

– Alors, t'as fait quoi ?

– Rien. Enfin, je me suis surtout vite rendu compte qu'il était tellement débile de m'appeler « la galeuse » qu'il en devenait ridicule. Le galeux, en définitive, c'était lui.

– Ah, c'est sûr, pour être con, il est con !

– Finalement ce qui me blessait le plus, c'était qu'il le dise devant tout le monde. Moi, ce que je voulais c'était passer inaperçue.

– Personne n'a jamais réagi dans la classe ?

– Si. Un seul. Achille. Pourtant, on ne se connaissait pas trop. Mais chaque fois Achille demandait à Ugo de la fermer, et il s'arrêtait. De toute façon, après, j'écoutais plus vraiment… ça glissait… Et puis maintenant, tu es là. Et Achille aussi.

Je prends Gloria dans mes bras. Elle me serre encore plus fort. Et elle me murmure à l'oreille :

– Je suis contente de te connaître, Fifi !

Je souris. Moi qui d'habitude n'aime pas quand d'autres que mon père m'appellent Fifi, dans sa bouche à elle, ça me plaît.

– Moi aussi, Gloria.

Elle se détache de notre étreinte.

– On se voit demain ?

– *Same place, same time !*

– *Yes* !

– Je t'attendrai au bout de la route.

30

Lorsque je me retrouve devant la porte de la maison, je cherche ma clé dans mon sac. Mais je ne la trouve pas. Je fouille dans les poches, dans mes vêtements, elle n'est nulle part. Je suis partie à la bourre ce matin et j'ai dû l'oublier sur mon bureau. C'est bien ma veine. Je m'assieds alors sur une marche du perron. Mon père ne devrait pas tarder à rentrer. Je prends mon téléphone et je lui envoie un texto. En attendant, je me connecte au compte Instagram de Gloria et je vois enfin ses nouvelles photos prises au skatepark. Ce sont des détails, des corps coupés, des pieds en suspension au-dessus de leur planche, des jambes en plein élan, des visages captés dans l'effort, des bustes qui ondulent, des skates qui prennent de la vitesse.

Sauter comme un dingue!
#kickflip#maiscommentfontils#skateboarding#park
#saisirl'instant#ethopdansmaboîte#spot#mouvement#
Puzzle
#piedensuspension#corps#skate

#trick#élan#muscle#léger#volercommeunoiseau
#board#street#immense#force#enadmiration#

On dirait qu'elle fait corps avec les skateboarders, qu'elle les touche presque.

Je lui écris un message :

Tu devrais faire une expo avec tes photos.

Tu es dingue?

Pas du tout. Tu as un œil de photographe.
As-tu réfléchi à une école?

Non, pas encore…

Tu devrais. Je te l'ai déjà dit.

On en reparlera…

La réponse de mon père arrive. Il quitte l'école dans une demi-heure.

Alors que je suis penchée sur mon portable, je sursaute.

– Je te dérange ?

Lui. Ça alors !

– Ugo, tu m'as fait une de ces peurs !

– Désolé, je voulais pas…

– Tu as cours avec mon père ?

– Non, mais il m'a dit que je pouvais passer, il va me prêter des tablatures faciles pour que je m'entraîne chez moi.

– Il ne va pas tarder… j'ai oublié ma clé, on est obligés d'attendre.

– Je peux m'asseoir ? me demande-t-il.

– Non. Enfin… oui, bien sûr !

Je me pousse pour lui céder une place sur la marche.

– Tu sais… dimanche…

Puis plus rien. Le silence après le balbutiement. J'attends un moment, puis voyant qu'il n'arrive pas à poursuivre, je l'interroge :

– Quoi, dimanche ?

– Je… je…

– Oui ?

– Eh bien…

– …

– J'y arrive pas… je suis pas habitué à parler, désolé.

– Toi, t'arrives pas à parler ? je lui demande ironiquement.

– Oui, je sais, tu peux te moquer de moi. Je sais, je suis une grande gueule. Mais parler vraiment, je sais pas faire.

– T'as peur de quoi ? Que je raconte à tes potes ce qui s'est passé ? T'inquiète pas, je ne dirai rien, je suis une tombe.

– Non, c'est pas ce que je voulais dire…

– Tu regrettes alors ?

– Oui.

– Tu aurais préféré ne pas pleurer devant moi ?

– Devant toi, je m'en fous. C'est pleurer que je ne supporte pas. Les pleurs, il paraît que ça soulage, mais en fait, non, ça fait mal. Et je supporte pas ça.

– Pourtant tu fais souffrir les autres…

Il se tait. Un long moment. Avant de reprendre :

– Je l'ai jamais dit à personne.

– Quoi ?

– Que je souffre de souffrir. Que je souffre de faire souffrir. Que je suis pas bien, que je suis en miettes, et que je m'en veux.

– Même à ta mère ?

– Même à ma mère. Pourtant, c'est elle qui en bave le plus.

– …

– Non, y a qu'à toi que j'en ai parlé.

Je regarde droit devant du côté de la pinède. Je ne sais pas ce qui me prend, mais d'un coup j'attrape sa main, je la tiens, je la serre. Ni lui ni moi ne soufflons mot.

Quand un moteur vrombit à l'entrée du chemin, je me lève d'un bond, j'ai reconnu la voiture de mon père.

31

Aujourd'hui, Gloria est chez moi. Mon père est sorti pour son entraînement de vélo. Nous sommes assises dehors autour de la table en pierre. Le ciel est turquoise, malgré des bandes de nuages qui déposent leur ombre sur le sol. Le mois de mai s'avance à grands pas, la chaleur arrive et annonce déjà l'été. Mais les vacances sont encore loin devant nous et nous avons toujours des devoirs.

Gloria est de bonne humeur, elle n'arrête pas de parler.

– Zoé, j'en ai marre de mes photos de natures mortes ! Je préfère le monde du dehors ! Quand je regarde les skateurs, chaque fois, j'ai plein d'idées de photos. Les regarder faire leurs *tricks* me touche tellement… Ils sont tout l'inverse de moi, qui me sens empêchée par mon corps. Eux, ils sont libres. Mais en les photographiant, je ressens un peu ce qu'ils vivent.

– C'est génial ce que tu me racontes.

– Lorsque je zoome, je suis comme téléportée sur la *board* avec Achille, j'ai l'impression d'être collée à lui.

– Mais la vitesse ne te gêne pas pour photographier ?

– Si, parfois… Il y a plein de photos ratées, mais il y en a d'autres dont je suis fière.

– Je suis vraiment contente pour toi.

– Merci, Zoé. Ces derniers mois, je pensais que je ne pourrais plus jamais vivre comme tout le monde. Je me suis trompée.

– C'était trop tôt.

– Oui, c'est ça, c'était trop tôt.

– Bon, si on s'y mettait ? On a du travail, non ?

– Allez, au boulot !

Nous avons un dossier commun à faire en français. Nous devons choisir une poésie dans la liste donnée par notre professeur. J'ai eu un coup de cœur pour *Demain dès l'aube* de Victor Hugo. Je dis à Gloria que je voudrais que ce soit celui-ci, le poème sur lequel on travaillera. Elle le lit alors à haute voix :

Demain dès l'aube

Demain, dès l'aube, à l'heure où blanchit la campagne,
Je partirai. Vois-tu, je sais que tu m'attends.
J'irai par la forêt, j'irai par la montagne.
Je ne puis demeurer loin de toi plus longtemps.
Je marcherai les yeux fixés sur mes pensées,
Sans rien voir au dehors, sans entendre aucun bruit,
Seul, inconnu, le dos courbé, les mains croisées,
Triste, et le jour pour moi sera comme la nuit.

Je ne regarderai ni l'or du soir qui tombe,
Ni les voiles au loin descendant vers Harfleur,
Et quand j'arriverai, je mettrai sur ta tombe
Un bouquet de houx vert et de bruyère en fleur.

Lorsqu'elle finit, Gloria fait une pause, puis elle se tourne vers moi.

– C'est beau, Zoé ! Ça me plaît beaucoup, me dit-elle. Comment veux-tu qu'on s'organise ? On réfléchit chacune de son côté et ensuite, on en parle ?

– Oui, faisons comme ça.

Je sais pourquoi j'ai choisi cette poésie. Victor Hugo l'a écrite en pensant à sa fille Léopoldine, qui s'est noyée à 19 ans. Mais moi, c'est à ma mère qu'elle me fait penser et à sa tombe, qui est loin, dans son village natal, et où nous ne sommes plus allés, mon père et moi, depuis que je suis toute petite. Pourtant, j'aimerais moi aussi, comme le poète, marcher dans sa direction, traverser les champs, être enivrée par les odeurs du matin de terre mouillée. Mais mon père me dit que les morts restent dans notre cœur et que nous n'avons pas besoin d'aller nous recueillir sur une pierre pour penser à eux. Cette poésie réveille un besoin que je n'ose pas avouer à mon père, celui d'aller un jour dans ce cimetière où elle repose. Ce n'est peut-être pas important pour lui, mais moi, j'aimerais comme Victor Hugo cueillir en chemin des fleurs et déposer mon bouquet à l'endroit même où elle repose depuis qu'elle nous a quittés.

Je me tourne vers Gloria, je l'observe concentrée sur son livre. Et j'aperçois tout à coup du duvet sur son crâne. Je tends ma main et je touche sa tête.

– Qu'est-ce qu'il y a ? me demande-t-elle, surprise.

– Tes cheveux, ils repoussent…

– Mes cheveux ? me dit-elle, en passant sa main sur son crâne. Ça commence, c'est un début…

– C'est doux.

– Oui…

– Tu es contente ?

– Oui, bien sûr. Mais ça va être long. Regarde mes cils, ils recommencent à pousser eux aussi. Et là… ajoute-t-elle en effleurant du doigt ses arcades sourcilières.

– Ça me fait plaisir pour toi.

– Moi aussi, mais bon, pour le moment, c'est pas encore ça.

J'essaye de l'imaginer avec des cheveux longs. Je ne l'ai encore jamais vue avec sa « vraie » tête, comme elle dit.

Ça n'a rien à voir, mais je pense tout à coup à ce que mon père m'a dit hier soir : dimanche prochain, il fait une sortie avec son club de vélo et il m'a proposé d'inviter des amis pour pique-niquer pendant qu'il est absent. Je demande à Gloria si elle veut venir.

– Je suis partante ! me dit-elle. Ça ne devrait pas poser de problème avec mes parents.

– Je pourrais aussi en parler à Achille…

– Et à Ugo, continue Gloria.

– Ugo ?

– Ben oui.

– Mais… tu aurais envie ?

– Ça ne me dérange pas. Je crois que j'ai envie de le connaître un peu plus.

– Je lui demanderai…

– Si tu veux, on peut demander tout de suite aux garçons. Ugo est chez Achille en ce moment, ils bossent eux aussi sur la poésie.

– Euh, ben oui, si tu veux…

– De toute façon, sa mère fait partie du même club de vélo que ton père, non ?

– Oui, oui…

– Bon alors, c'est parfait.

Gloria envoie un message à Achille pendant que je me replonge dans le poème. Je commence à noter des phrases sur mon cahier. Je me demande à quoi ressemblera ce dimanche avec Ugo et mes deux amis.

32

J'ai préparé le pique-nique. Tout est installé sur la table de la cuisine. Les assiettes, les verres, les couverts, la salade de riz.

– J'ai mon téléphone avec moi, n'hésite pas, hein ? me dit mon père, qui se prépare à partir.

– Ne t'inquiète pas, les parents de Gloria ne sont pas loin, au cas où. Et puis, tu ne pars que pour quelques heures…

Je regarde mon père s'éloigner sur son vélo rutilant, qu'il a nettoyé et graissé pour ce jour de grande sortie. Avant que les amis n'arrivent, je finis mon DM de maths et je me mets à la compréhension écrite d'italien. Lorsque j'ai terminé, je prends mon ukulélé et je fais des gammes pour m'amuser. Puis je déchiffre un nouveau morceau, que mon père m'a passé, en pensant qu'il me plairait.

– Hou, hou ! Il y a quelqu'un ?

C'est la voix d'Achille. Je me lève d'un bond et file lui ouvrir la porte.

– Tu es tout seul ?

– Oui. Enfin, non, ils arrivent…

Achille ouvre son sac et en ressort un tupperware, des paquets de chips et des boissons.

– Où est-ce que je dépose tout ça ? me dit-il.

– Dehors, sur la table en pierre. Vas-y, je vais chercher ce que j'ai préparé dans la cuisine.

Je prends le plateau, puis je sors dans le jardin.

– Tu jouais du ukulélé quand je suis arrivé ? Tu te débrouilles bien.

– C'est un peu normal. Je joue depuis que je suis toute petite, mon père est prof.

– Tu veux bien me jouer un petit morceau ?

Je réfléchis un instant, puis je vais chercher mon instrument. Je m'assieds sur la table en pierre et commence un morceau de Philippe Katerine que j'aime beaucoup.

– Mais tu chantes aussi ? s'exclame-t-il.

J'acquiesce de la tête en continuant à égrener les paroles de la chanson :

Comme il fait bon à y retourner
Au pays de mon premier amour
Mon cœur mêlé
Aveugle et sourd
Ça depuis toujours
Comme il fait bon à s'y enterrer
Au pays de mon premier amour
Sans se soucier
De voir le jour
Et ça depuis toujours…

– Tu as une jolie voix, dit-il quand je termine le morceau.

Je souris, je ne sais pas si elle est jolie, mais dans ma bouche, elle était ronde et pleine, et j'aime beaucoup ça. Quand je trouve cette voix-là en moi, je sais que je suis proche de la justesse.

– On a raté quelque chose ?

Nous nous retournons. Gloria est là. Avec Ugo, derrière elle.

– Tu joueras aussi pour nous ? me demande Gloria, en m'embrassant sur la joue.

– Oui, pourquoi pas ? Après le déjeuner.

Ugo s'avance et me tend un sac contenant un plat.

– C'est quoi ?

– Un fondant au chocolat.

– Moi, j'ai fait une quiche au thon ! s'exclame Gloria.

– On va se régaler, les amis ! dit Achille, les yeux pétillants.

Il nous montre les roulés à la saucisse qu'il a préparés.

Puis il se tourne vers Ugo :

– Mais dis-moi, toi aussi, tu joues du ukulélé, non ?

Ugo devient rouge.

– Enfin… jouer est un grand mot, je débute…

Mais personne ne l'écoute plus vraiment. Achille cherche un couteau pour découper la tarte. Gloria part et attrape un plat pour y vider les chips. Nous nous affairons tous pour préparer notre pique-nique. Je m'élance vers la cuisine chercher le saucisson que j'ai oublié ainsi que les assiettes à dessert pour la suite. Quand je reviens, je comprends que j'ai loupé un bout de conversation, car la question de Gloria me surprend :

– Mais pourquoi es-tu toujours en colère, Ugo ?

– Je… je sais pas… bredouille-t-il.

– Ne t'inquiète pas, je ne vais pas te juger, je veux juste comprendre…

– Je suis désolé, murmure-t-il en baissant la tête, vraiment désolé…

– Mais pourquoi ? demande Gloria.

– Pour tout le mal que je t'ai fait… je m'excuse…

Je m'assieds sans bruit à côté d'Achille. Je dépose le plateau au bout de la table. Je suis soufflée par l'aplomb de Gloria. Je me demande si Ugo va supporter cet interrogatoire. Même venant d'elle.

– Oh, mais ne t'inquiète pas, poursuit Gloria, j'ai compris que ces mots t'échappaient, je ne te pose pas cette question pour que tu t'excuses. Mais maintenant qu'on est amis, j'aimerais te connaître, c'est tout.

Le visage d'Ugo se tend. Il se lève d'un bond.

– Je crois pas qu'on soit amis, j'ai voulu y croire.

Il attrape son sac, prêt à partir. Mais Achille qui n'avait pas dit un mot depuis le début se lève à son tour et lui dit avec autorité :

– Tu restes ici ! Et tu as tort, continue Achille, nous sommes tes amis.

Ugo se met à trembler. Cette fois-ci, c'est moi qui me lève. Je pose ma main sur son épaule.

– Assieds-toi, je te sers à boire.

Il s'assied. Voûté. Il n'arrête pas de trembler. Gloria me regarde, paniquée. Achille a l'air inquiet lui aussi.

– Ça va aller, je lui murmure, ça va passer…

Puis il se redresse. Les yeux vides.

– Je suis en guerre, balbutie-t-il.

Gloria ouvre la bouche, prête à parler. Je fronce les sourcils, pour qu'elle se taise.

– Je suis en guerre, continue-t-il. Je suis comme ça. C'est plus fort que moi.

Il se tait de nouveau, comme s'il avait besoin de prendre son inspiration, avant de vraiment se lancer.

– Depuis… depuis que…

Puis il nous regarde tous les trois dans les yeux, d'un air décidé.

33

Mon père est premier violon dans un orchestre symphonique. Il était souvent en tournée, sur la route, en France, en Europe, et parfois plus loin. J'ai grandi avec l'absence de ce père qui nous retrouvait entre deux concerts. C'était normal, j'avais un papa migrateur.

Mes parents se sont rencontrés dans l'orchestre. Ma mère est violoncelliste. Elle est tombée assez vite enceinte. Puis je suis né. Elle a préféré mettre sa carrière en sourdine pour s'occuper de moi. Comme mon père voyageait tout le temps, nous nous sommes installés ici, pas très loin de mes grands-parents maternels. Ma mère a trouvé un poste comme prof de violoncelle. Quand il n'avait pas de concert, mon père nous retrouvait et pendant quelques jours, nous avions une vie familiale normale.

Mon père aurait voulu que je fasse de la musique, comme eux. Mais j'ai toujours refusé. La musique m'avait enlevé mon père. Je n'avais pas envie de la fréquenter. Ça agaçait mon père. Il avait peut-être imaginé que nous formerions un trio tous les trois. Ou bien il voyait en moi un futur concertiste, l'enfant dont il serait fier. Ma mère de son côté me laissait faire. Elle me faisait confiance et elle disait à mon père que j'avais le temps de décider et que ce n'était pas une obligation de faire de la musique, même dans une famille comme la nôtre. Mais bon, ça c'était quand mon père venait souvent, parce que, au fil des années, il s'est de plus en plus absenté. Après les concerts, il prétextait des master classes, des répétitions, des conférences, il avait toujours une bonne raison pour ne pas nous retrouver.

Ma mère devenait sombre. Quand je lui parlais, elle ne m'écoutait pas. Et ça me rendait tellement triste, moi aussi, de la voir comme ça. Elle a pris quelques jours de congé et elle est montée à Paris pour voir mon père. Pendant ce temps, elle m'a laissé chez mes grands-parents. J'espérais secrètement qu'elle reviendrait avec lui. J'y croyais encore. Mais quand elle est revenue, son visage était ravagé. Ma grand-mère l'a entraînée dans son atelier de couture et mon grand-père m'a dit de le suivre dans le jardin potager. Nous nous sommes accroupis et il m'a demandé d'arracher les mauvaises herbes. Puis ma mère nous a rejoints, il était temps de rentrer chez nous, m'a-t-elle dit. Elle avait pleuré. À peine sommes-nous arrivés à la maison, elle m'a demandé de m'asseoir à côté d'elle : «Ton père a une autre famille, m'a-t-elle dit.» Le ciel m'est tombé sur la tête. «Ton père est tombé amoureux d'une autre femme que moi, ils ont des enfants.» C'était fini. Fini entre eux. Terminé avec moi. Il ne l'a pas vraiment dit à ma mère. Mais c'est ce qui s'est passé. Enfin, pas tout de suite. Parce que la première année, mon père a continué à m'appeler pour les grandes occasions. C'était bizarre ces coups de fil où on ne se disait presque rien. Où il parlait plus que je ne parlais. Il essayait de combler le vide. Mon incapacité à parler. Je n'osais pas lui demander pourquoi tu as fait ça ? Pourquoi tu nous as abandonnés ? Puis, on n'a plus eu de nouvelles. On n'en a pas cherché non plus. C'était comme ça et nous n'y pouvions rien. Sauf le détester.

Ma mère qui n'avait rien vu venir a fait une longue dépression nerveuse. Moi, je me suis renfermé sur moi-même. J'ai commencé à avoir des tocs. Je ne pouvais plus supporter le violon. C'était physique. Si un morceau de violon passait à la radio, je me mettais à trembler. Mes bras, mes jambes, ma tête. Mes dents claquaient. C'était le grand tremblement de mon corps. Il était hors de contrôle. Comme si la terre sous mes pieds se déchirait. Ma mère paniquait. Elle n'arrivait pas à me calmer. Et moi, j'étais effrayé par ce corps qui ne me répondait plus. Enfin, lorsque le morceau de violon s'arrêtait, mon corps s'arrêtait lui aussi de trembler. Ma mère a compris pourquoi. Je me suis rendu compte alors que ce père absent était en train de me détruire. Il fallait que j'aille le voir. Il fallait que je lui parle. Que je comprenne.

Il y a un peu plus d'un an, l'opportunité s'est présentée. Le collège a organisé un voyage scolaire à Paris pour deux classes dont la mienne. J'ai réussi à trouver son adresse dans le carnet de ma mère. Et un soir, je me suis enfui de l'auberge de jeunesse. J'avais noté l'itinéraire, j'ai pris le métro et je me suis retrouvé devant sa porte. Si j'avais pensé aux conséquences, j'aurais abandonné. J'ai pris une bonne inspiration et j'ai sonné. C'est lui qui a ouvert. Il m'a vu, il s'est décomposé. Derrière, il y avait des cris d'enfants. Puis une voix de femme lui a demandé : « C'est qui ? », « C'est rien, c'est personne » il a répondu. Puis il s'est tourné vers moi et il m'a dit : « Va-t'en, je ne veux plus te voir. » Et il a refermé la porte. Je n'ai pas eu le courage de répliquer, de crier. Je n'ai eu le courage de rien. Je suis parti. Sans tremblements, mais avec une douleur atroce dans tout le corps. J'ai cru que mes jambes n'arriveraient pas à me porter jusqu'à l'auberge de jeunesse, je ne sais pas comment j'ai réussi à y retourner. Mais quand j'ai ouvert la porte d'entrée, les profs m'attendaient, affolés. Le prof de techno s'est jeté sur moi pour me passer un savon. Mais moi, au lieu d'expliquer, j'ai explosé. J'aurais dû péter un plomb avec mon père. Et c'est avec les profs que je me suis déchaîné en les insultant. Je crois que je voulais disparaître. J'ai failli être renvoyé. Mais ma mère, accablée par le récit des profs, leur a tout raconté. Ils n'ont pris aucune sanction, cette fois. Au lieu de sombrer dans la dépression comme ma mère, je suis devenu un garçon en colère et j'ai voulu emmerder la terre entière. Mais ça, vous le savez.

34

Lorsque Ugo se tait, le silence ne dure pas, Gloria prend la parole :

– Je le savais…

– Quoi donc ?

– Que tu n'étais pas aussi méchant sans raison.

Ugo la regarde, surpris. Gloria, avec son intuition, a été la seule à le comprendre. On est tous secoués par le récit d'Ugo. C'est dégueulasse. Ça donne la nausée. Comment un père peut-il faire une chose pareille ?

– Je vous sers du fondant au chocolat ? je demande brusquement.

– Avec plaisir, répondent en chœur Gloria et Achille.

Tout le monde semble soulagé par ma proposition.

– C'est toi qui l'as fait ? je demande à Ugo.

Il acquiesce de la tête.

– Ch'est chuper bon, dit Achille, la bouche pleine.

– Délicieux ! poursuit Gloria.

– Carrément, je dis, tu cuisines bien !

– Tu me donneras ta recette ? continue Gloria.

– Bien sûr, elle est simple et vraiment inratable.

Pendant que nous avalons notre part, le silence règne. Je regarde Gloria, elle a arrêté de manger et est songeuse. Puis elle reprend la parole :

– C'est horrible, quand même.

– Mon père ? demande Ugo.

– Oui.

– Je sais… mais, mais c'est ma vie. Et il faut que je me débrouille avec.

Pour détendre tout le monde, je propose de jouer un morceau de ukulélé. Je vais chercher mon instrument à l'intérieur et je choisis un morceau que j'aime pour sa douceur.

– Je vais vous jouer *Blackbird* des Beatles…

J'égrène les notes sur les cordes. Je dis l'envol du merle vers la liberté. Et alors que je chante avec joie les différents couplets, je regarde mes amis. Lorsque je finis, Gloria se lève pour applaudir :

– Bravo ! Bravo, Zoé ! Ta voix est magique !

– Oui, très… dit Ugo.

– T'es trop forte, enchaîne Achille.

Ugo, qui s'est détendu, se remet à parler.

– Merci pour votre confiance, ça me fait du bien d'être avec vous.

– Nous aussi, dit Gloria, malicieuse, mais ce n'est pas une raison pour oublier ce que tu as à faire.

– Quoi donc ? demande Ugo.

– Jouer du ukulélé ! Toi aussi !

– Oh, là, là… vraiment ?

– T'as pas le choix. Sinon, on ne te pardonnera jamais tes saloperies, continue Gloria, en gloussant.

Nous rions tous les trois, pendant qu'Ugo ne fait pas le malin. Il sourit finalement :

– Zoé, tu sais où est le classeur de ton père ? Tu pourrais aller le chercher ? Il y a des tablatures que je travaille avec lui.

Je fouille dans les affaires de mon père sur son bureau et je rapporte aussitôt le fameux classeur. Ugo l'ouvre, le feuillette et choisit un morceau. Il se met à jouer. Son regard rivé sur la tablature. C'est un petit morceau tout simple aux sonorités polynésiennes, très joli et doux, lui aussi. Il joue avec application, il n'hésite pas, son enchaînement est fluide. Quand il termine, nous applaudissons tous les trois :

– Tu te débrouilles bien pour un débutant, je lui dis.

– Tu trouves ?

– Ah oui. Carrément !

Puis, nous entendons une voix à l'entrée du jardin :

– Il reste à manger ? On a faim !

Mon père et Élisa, rouges et en sueur, sont de retour.

35

Depuis le récit d'Ugo, je me demande si ce n'est pas plus dur finalement d'être rejeté par son père que d'avoir perdu sa maman. Ma mère m'aimait, je le sais. Mais bon, ça n'a quand même rien à voir.

Au collège, maintenant, Ugo s'assied toujours à côté d'Achille. Il a laissé tomber ses anciens copains. Ces derniers ne comprennent pas pourquoi.

– T'es plus le même ! T'as honte de nous ou quoi ?

En général, Ugo hausse les épaules, il ne répond même pas. Mais aujourd'hui, alors que je revenais du CDI, je les ai vus parler dans la cour. Je me suis planquée derrière un pilier et je les ai écoutés :

– Alors, comme ça, t'es copain avec la galeuse !

– Ne parlez pas d'elle comme ça ! s'est écrié Ugo.

– C'est toi qui n'arrêtais pas de te foutre d'elle ! T'es qu'un fayot maintenant !

– Si tu veux, répond Ugo.

– Je te reconnais pas.

– C'est pas grave.

– Putain, mais t'es devenu mou ou quoi ?

– Je crois pas.

– T'es plus marrant, dis donc…

– Je m'en fiche.

– Parle toujours, je te donne pas un mois. Dans quelques semaines, tu craqueras. Tu viendras nous sonner, j'en suis sûr ! Mais n'attends pas trop…

Le plus grand, Ivan, le regarde. Il a l'air halluciné.

– J'sais plus quoi te dire. T'es vraiment plus le même, c'est à cause de la nouvelle ? Hein ?

– Quoi, la nouvelle ? s'agace Ugo.

– Ta mère bosse bien avec son père ?

– Oui, et alors ?

– Eh ben, elle est mignonne la petite Zoé, non ?

Je me cache derrière le pilier. Je me fais minuscule et je croise les doigts pour qu'aucun d'eux ne m'aperçoive. J'entends Ugo leur répondre :

– J'sais pas.

– Quoi « tu sais pas » ?

– T'approche pas de moi, dit Ugo à l'autre.

Je jette un coup d'œil vite fait et je vois qu'Ivan s'avance vers Ugo, comme s'il cherchait la bagarre.

– T'approche pas, répète Ugo, avec un ton plus menaçant.

– Quoi ? Si je te touche, tu me casses la gueule, c'est ça ?

– N'importe quoi.

– Attention ! Au moindre faux pas, t'es viré !

Ivan lui tourne autour. Je frémis. Il fait tout pour qu'Ugo explose. Je ne réfléchis pas, je sors de ma planque et marche droit devant, dans leur direction.

– Ah, ben tiens, voilà ta jolie qui rapplique, dit Ivan.

Ugo se tourne vers moi. Les yeux ronds. Complètement ahuri.

– C'est quoi ton problème ? je demande à Ivan.

– En plus, elle prend ta défense…

Je pose ma main sur l'épaule d'Ugo.

– Viens, on va retrouver les autres. Il est vraiment trop con celui-là.

– Mais c'est de moi qu'elle parle ? s'indigne Ivan.

On s'éloigne, sans lui répondre, et en le laissant parler tout seul.

– T'as vraiment traîné avec des nazes.

– T'étais où ? me demande Ugo.

– Planquée… Enfin, disons que je me suis retrouvée au mauvais endroit, je n'ai pas trop su quoi faire. Je me suis cachée derrière le pilier, je n'ai plus bougé, et j'ai bien fait.

– T'as tout entendu, alors ?

– Oui, mais comme ils ne disaient que des conneries, c'est comme s'ils n'avaient rien dit.

Ugo est silencieux.

– Il y a quelque chose qui ne va pas ?

– Non, non…

Je m'arrête, je le regarde dans les yeux.

– Je suis désolée, t'aurais peut-être préféré rester avec eux. Je n'aurais pas dû intervenir, tu m'en veux maintenant.

– Non, non…

– Alors, c'est quoi ?

– Rien.

Mais au loin, Achille nous fait de grands gestes.

– Vous faites quoi, tous les deux ? On vous attend !

– On arrive !

– Vous en faites, des têtes, ça va ? Vous…

– Allez, venez, coupe Ugo, on va être en retard.

Achille m'interroge des yeux. Je hausse les épaules. Nous suivons Ugo, à travers les couloirs du collège. C'est le monde à l'envers, c'est lui maintenant qui a peur d'être en retard.

– Ça va ? me demande Gloria.

– Oui, oui, pas de problème…

36

Le soir même, Ugo doit venir chez nous pour sa leçon de ukulélé. Maintenant mon père a deux nouveaux élèves, mais ce sont des petits et ils ne m'intéressent pas vraiment. J'attends Ugo sur le palier. Lorsqu'il apparaît à l'entrée du chemin, je m'avance à sa rencontre. On discute cinq minutes avant que mon père nous rejoigne pour le cours. Mais cette fois-ci, mon père me demande de rester. Il voudrait que je sois là pour sa première leçon d'arpèges. C'est une nouvelle gymnastique pour les doigts, une manière différente de faire sonner les cordes et il faut un peu de temps pour l'intégrer.

Alors que je montre à Ugo comment jouer avec les cordes, avec le pouce, puis l'index, le majeur et l'annulaire, le téléphone sonne. Mon père se lève et se précipite dans la cuisine pour répondre. Ugo commence à jouer l'exercice le plus simple. Je le joue avec lui plusieurs fois. Je le laisse ensuite reprendre tout seul. L'appel téléphonique dure. Je l'encourage à répéter et répéter jusqu'à ce qu'il ne pense plus à ses doigts. Ugo hésite par moments, mais au fur et à mesure, le naturel l'emporte sur les balbutiements du début. Lorsque Ugo termine le petit exercice, mon père est de nouveau avec nous.

– Papa, Ugo a compris très vite, tu vas voir, il se débrouille bien.

Mais il ne répond pas. Je le regarde fixement. Il est blême.

– Ça va ?

– C'est ta grand-mère…

Ma grand-mère ? Elle a coupé les ponts avec nous depuis que ma mère est morte. Comment est-ce possible ?

– Elle t'attend au téléphone… continue-t-il.

– Elle… elle veut… me parler ?

– Elle t'attend.

Je me lève péniblement. Cet appel, je l'ai attendu longtemps. Je l'ai espéré, souhaité si fort dans mes nuits blanches d'enfant, et maintenant, alors que j'avais enfin tourné la page, il arrive. Je marche jusqu'au combiné. Mes jambes flageolent. J'ai peur. Lorsque je saisis, tremblante, le téléphone, j'entends une respiration vacillante de l'autre côté.

Z : Allô ?
GM : Fifi ? Euh, Zoé… C'est toi ?
Z : Oui…

Quand je raccroche, je m'effondre. Mon corps lâche. Littéralement. Je suis à terre. Sur le carrelage froid.

Lorsque ma mère est morte, j'avais 5 ans. J'ai beaucoup pleuré au début. Puis plus du tout. J'ai cru que j'étais vaccinée. J'ai cru que j'étais forte et que plus rien ne m'atteindrait au point de me faire flancher. Mais il a suffi d'un simple coup de fil pour que le barrage de mes émotions cède et qu'une tempête se déchaîne malgré moi dans mon corps tout entier.

Mon père surgit. Il me porte. Me soutient. M'enveloppe dans un plaid et me dépose sur le canapé du salon.

– Pleure, m'a-t-il dit. Pleure… Il le faut…

Il me laisse à côté d'eux. Ugo et lui. Ugo détournant le regard fréquemment de son ukulélé pour me faire un geste. Mais ce coup de fil soudain m'a tellement épuisée que je m'endors. Je sombre dans un sommeil profond, ma mère apparaît, ma mère que j'avais enfouie dans une boîte oubliée. Ma mère est là. Elle me donne la main. Elle m'emmène en haut d'une montagne. Elle me montre l'horizon devant moi. Je l'écoute me parler. Ma mère plus vivante que jamais.

Quand je me réveille, il fait nuit dehors. Je regarde l'heure sur l'horloge, il est 22 heures. J'entends du bruit dans le bureau. Je me lève. Mon père est en train de préparer ses cours du lendemain.

– Papa…

– Fifi ! Je n'ai pas osé te réveiller, tu dormais si bien… Tu avais besoin de te reposer…

– Je crois, oui…

– C'était un choc d'entendre ta grand-mère.

– Papa, je veux qu'on aille les voir cet été, quand on ira à la cabane. C'est pas si loin…

– Tu es sûre ?

– Oui. Et je veux aussi me rendre sur la tombe de maman.

– D'accord…

– Mais ça te dérange pas de venir avec moi? Ils ont été durs avec toi, quand même.

– Je crois que c'est le moment de les revoir. Ils vieillissent tous les deux. Ton grand-père ne va pas bien. Il faut arrêter avec ces conneries de fâcherie.

Je tourne la tête. Je regarde ailleurs, vers la fenêtre, et je pense à ce silence haineux qui nous a séparés pendant des années. C'est pas avec la haine qu'on construit une vie. Pas la mienne, en tout cas.

– Je te réchauffe ton repas? me demande mon père.

– Oui, je veux bien…

Sur la table du salon, mon portable clignote. Ugo m'a envoyé deux messages.

Ça va?

Tu m'écris quand tu te réveilles?

Je m'assieds sur le canapé, j'entends mon père s'affairer et j'appelle Ugo.

U : Zoé?
Z : Ça y est, je suis réveillée. J'ai dormi plus de quatre heures.
U : Tu vas mieux?
Z : Oui… c'était ma grand-mère. On ne s'est plus jamais vues depuis que ma mère est morte.
U : Vraiment?

Z : Ça a été compliqué… mais maintenant, c'est fini.
U : Tu te sens comment ?
Z : Vidée. Mais bien… J'ai l'impression d'avoir un poids en moins.
U : Repose-toi bien alors.
Z : Oui.
U : Bonne nuit !

Mon père m'appelle. Mon repas est prêt. Je le rejoins dans la cuisine. J'ai envie qu'on parle un peu tous les deux de ce qui vient de se passer.

37

Le lendemain, après les cours, Achille, Gloria, Ugo et moi filons au skatepark. Achille veut nous montrer les *tricks* qu'il répète pour une compétition dans quelques jours. Gloria a pris son appareil photo, son compte Instagram se remplit jour après jour d'images, de corps en plongée, de planches en lévitation.

Le grand saut!
#lesfous#talent#bondir#adrénaline
Glisser, liberté…
#bowl#skatepark#selâcher#rouler
#ilssonttropforts#pleinlesyeux

Mais depuis une semaine, Gloria a arrêté de se cacher derrière son pseudo. Elle a retrouvé son prénom, Gloria. Et son nom, Cassettes. *Gloria Cassettes* est désormais sur le devant de la scène. Ça a fait un sacré buzz au collège. Depuis les premiers jours, tout le monde vient la voir pour s'assurer que c'est bien elle, la fille du compte aux 1000 abonnés. Même ses anciennes amies. Tout le monde adore ses posts.

Gloria les remercie, elle est souriante, tout en gardant de la distance. Elle n'est pas dupe. Elle aurait commencé ce compte en tant que Gloria Cassettes, personne du collège ne se serait intéressé à elle.

– Je me fiche complètement de me mettre à nu. Je me fiche de ce que les autres peuvent penser, m'a-t-elle dit. J'arrête de tricher. C'est tout.

Lorsque nous arrivons au skatepark, il y a foule, comme souvent après les cours. Mais aujourd'hui, ce sont les trottinettes des petits qui l'envahissent. Les skateurs sont assis autour du *bowl*. Ils attendent le retour au calme avant de se lancer. Achille nous laisse un moment pour distribuer des checks et parler un peu avec ses potes, puis il revient s'asseoir avec nous dans l'herbe.

– C'est quand ta compétition ? demande Ugo.

– Dimanche prochain.

– Ça se passe comment ? demande-t-il, curieux.

– On a deux minutes pour montrer ce qu'on sait faire.

– Deux minutes ? C'est pas beaucoup ! Et tu fais quoi ?

– Je choisis mes *tricks* préférés du moment, puis je m'adapte aux courbes et aux modules du lieu. Mais je m'entraîne pas mal avant.

– Et tu prépares quoi comme *tricks* ?

– Des *ollies*, c'est la base, des *kick flips*, bien sûr, des *frontside disaster*, et puis, j'en teste d'autres aussi. Après, au dernier moment, je change, j'oublie tout ce que j'avais prévu. Quand t'es trop organisé dans ta tête, c'est pas bon, t'as moins de plaisir. Je fais les choses à l'instinct, j'oublie les contraintes que je m'étais données et j'essaie de ne plus gamberger pour être pris par le *flow*.

– J'ai une question idiote à te poser, continue Ugo, ça t'apporte quoi de skater ?

– Ce que ça m'apporte ? Eh bien… un plaisir de fou ! Et puis, quand tu montes sur ta *board*, tu penses à rien d'autre et ça, c'est rare.

– Pour moi aussi, c'est pareil, intervient Gloria.

– Tu fais du skate, toi aussi ? demande Ugo, intrigué.

– Non, non, pas du tout, mais quand je les photographie, c'est comme si j'étais aspirée moi aussi par les lignes, je ne suis plus sur mes deux pieds, mais sur la *board*.

– Vraiment ? s'exclame Achille.

– Mais oui. J'ai même l'impression d'entendre ton cœur battre.

Achille rougit et baisse les yeux, surpris par la phrase de Gloria.

– T'as pas envie d'essayer ? je demande à mon amie, tout en jetant un coup d'œil à Achille visiblement troublé.

– Je ne sais pas. J'ai peur…

Achille relève la tête. Ses joues gardent encore un peu de rougeur.

– T'as peur de quoi ? la questionne-t-il.

– De tomber ! J'ai déjà assez de soucis de santé et j'ai pas envie de me casser une jambe.

– Tu peux mettre des protections, tu sais ? lui dit Achille, d'une voix douce.

– J'sais pas…

– Je te présenterai Hannah, c'est une pote skateuse, elle est très sympa, vous pourriez peut-être discuter ensemble.

– On verra… continue Gloria, pour le moment, je photographie et ça me suffit.

Ugo sort de son sac une bouteille d'eau ainsi qu'un paquet de biscuits et nous les tend. Il fait déjà très chaud.

– Tu penses à tout, lui dit Gloria.

– Parfois, répond-il, en baissant la tête.

– L'été arrive enfin, dit Achille.

– Les vacances aussi, je poursuis.

J'annonce alors à mes amis mon départ prochain.

– En juillet, je pars avec mon père dans les Alpes. On va voir mes grands-parents.

– Ceux qui ne voulaient plus voir ton père ? s'exclame Gloria.

– Oui. Ma grand-mère m'a appelée hier.

– Eh ben, ça alors !

– Oui… J'ai encore du mal à réaliser.

– Qu'est-ce qui leur arrive pour enfin se préoccuper de toi ?

– Ils vieillissent, ils ont peur de ne plus jamais me voir.

Achille fait des yeux ronds. Il ne comprend rien. Je lui résume rapidement ma vie, puis je poursuis mon récit en leur racontant le coup de fil, ma grand-mère en pleurs de l'autre côté.

– Mais vous allez loger chez eux ? me demande Gloria.

– Pas tout le temps, on a une cabane à quarante kilomètres environ.

– Une cabane ? demande Achille, visiblement très intéressé.

– Une cabane de berger.

– Quoi ? C'est quoi, cette histoire ? s'exclame Gloria.

– Mon père avait un oncle berger. Quand il est mort, mon père a hérité de sa cabane. Elle est un peu aménagée. Mais sans eau ni électricité.

– Vous faites comment alors ?

– Pour l'eau, il y a un torrent juste à côté. Pour la lumière, on a des bougies et des lampes solaires.

– C'est incroyable !

Cette histoire de cabane fascine toujours tout le monde. Achille et Gloria me posent des tas de questions. Je leur explique qu'on y monte chaque année. Avec nos vélos de route. Nos instruments de musique. Nos chaussures de montagne pour grimper jusqu'aux cols où subsistent encore des névés. Je leur raconte aussi que nous y sommes dès le mois de juillet pour le Tour de France. Les étapes des Alpes sont toujours importantes. Avant que le Tour n'arrive, nous nous entraînons sur les mêmes routes que les cyclistes. Puis quand le grand jour arrive, nous faisons comme les autres, nous nous postons sur les talus des bas-côtés et nous regardons les champions passer comme des bolides. Mon père trépigne de joie toute la journée. C'est le moment de l'année qu'il préfère.

– Mais vous faites vraiment ça tous les ans ?

– Oui.

– C'est un peu rude comme vacances, non ? s'exclame Achille.

– Oh non, pas du tout.

– Et pendant tout ce temps, jamais vous n'êtes jamais allés voir tes grands-parents, ni la tombe de ta mère ?

– Jamais. Pourtant j'ai toujours voulu m'y rendre, mais… pour mon père, c'était impossible, c'était une sorte de douleur insurmontable. Alors, je me disais que j'irais plus tard. Quand je serais adulte. Et seule. Et puis voilà…

Le *bowl* commence à se vider. Les potes d'Achille reprennent possession du lieu. Achille se lève, son skate à la main :

– J'y vais !

Il part dans la direction des autres et se jette dans l'arène.

– Je le rejoins, dit Gloria.

Elle se positionne en bordure du *bowl*. La lanière de son appareil photo autour du cou.

– On va peut-être vous retrouver à la cabane, ma mère et moi, me dit soudainement Ugo.

– Ah bon ?

– Ton père l'a proposé à ma mère. On est censés passer par les Alpes pour aller en Italie. Enfin, c'est juste un projet, rien n'est sûr…

– Mon père ne me l'a pas dit…

– Ça te dérange ?

– Pas du tout. Cette année sera décidément différente.

Alors que nous regardons Achille exécuter ses figures et

Gloria en posture de reporter, je sens une main caresser la mienne. Je lève les yeux, surprise.

– Ta main est douce.

Je regarde Ugo. Je ne sais pas trop ce que veut dire ce geste. Mais il change de sujet aussitôt :

– Dis-moi, Gloria, elle va mieux ?

– Oui. Elle n'a plus de traitement. Elle est en rémission.

– Pas totalement guérie, c'est ça ?

– Pour le moment, mais elle va l'être très bientôt.

– Bon, je vais y aller, dit Ugo en se levant, il y a le DM de maths à faire pour demain et j'ai envie de le réussir cette fois-ci.

– Moi aussi, je rentre.

On fait des gestes d'au revoir aux amis, puis nous sortons du skatepark, marchant encore ensemble, quelques minutes, avant de nous séparer.

– Je pourrais venir demain soir chez toi, après les cours ?

– Oui, mon père a entraînement, pas de problèmes.

– Ma mère aussi.

– C'est vrai...

– Tu pourras me montrer des morceaux de musique faciles à jouer.

– Bien sûr !

– À demain, alors !

– À demain...

Je remonte la route vers le canal. Je pense à sa main, à ce mouvement furtif sur la mienne. Était-ce juste un petit geste sans importance ? Je n'ai pas trop envie de le savoir pour l'instant. Je pense à mes grands-parents. À ce que ce sera de les revoir. J'ai le trac et en même temps, je sens en moi une impatience nouvelle grandir.

38

Ma nuit est encombrée de ces êtres que je ne vois plus. J'ai l'impression d'aller de bras en bras. Ma mère. Mes grands-parents. Je suis emportée par chacun d'entre eux. Comme dans un tourbillon. Je m'éveille en sueur entre deux rêves. Je replonge dans le sommeil. Mais l'agitation ne me quitte pas. Cette nuit, je suis avec mes disparus. Ma mère est si jeune. Nous dansons ensemble. Mon grand-père me porte sur ses épaules. Je ne sais plus où donner de la tête. Mes disparus me veulent et me choyent. D'un sommeil à un autre, ils me rattrapent. Ils m'embrassent. Me serrent dans leurs bras. Me parlent. Me font rire. Me prennent par la main. Me font courir. Tourner. J'ai le vertige. C'est trop pour moi. Tout ça… les retrouver, là, maintenant dans le chaos de mon sommeil.

Ma nuit agitée m'a trimballée jusqu'à la rive de l'aube. Les premiers oiseaux du matin chantent et je suis encore entre deux eaux. Puis, épuisée, je m'endors vraiment. Profondément. Je n'entends pas mon réveil. Mon père vient me secouer plus tard.

– Fifi, tu vas être en retard… Tu as vu l'heure ?

Je me tourne vers mon réveil. 7 h 50. Oh non !

– Je te prépare ton petit dèj. Habille-toi, je te dépose en voiture aujourd'hui.

J'enfile un jean. Je mets un sweat. J'asperge d'eau mon visage. Je me lave les dents. Je me donne des petites tapes sur les joues, puis un coup de brosse sur mes cheveux ébouriffés.

– Tu es prête ? me demande mon père.

– Presque…

– Dépêche-toi, l'heure tourne… Tu prendras ton petit dèj dans la voiture.

J'enfile mes baskets vite fait. J'attrape mon sac à dos et file dans la voiture.

– Ça va ? me demande mon père. Tu as mal dormi ?

Comment lui dire que j'ai passé la nuit avec maman et ses parents ?

– Non, ça va…

J'engloutis un pain au lait, je bois une briquette de jus de raisins. Je suis déjà devant le portail du collège.

– Bonne journée ! me dit mon père. J'ai entraînement ce soir…

– Oui, c'est vrai, j'avais oublié. Au fait, Ugo viendra récupérer des partitions.

– Ah, mais c'est chouette ! Si je n'ai pas eu le temps de les préparer, cherche dans mon classeur.

– D'accord.

– Il a envie de progresser, c'est bien… continue mon père.

Mais la sonnerie se met à hurler dehors.

– Papa, il faut que j'y aille !

Je sors précipitamment de la voiture et me précipite dans l'allée du collège. Moins une ! Et le portail fermait ! J'ai eu chaud…

39

– Il y a quelqu'un ?

Je lève la tête. Ugo est déjà là.

– Entre, je suis dans le bureau.

Je retire du classeur deux tablatures qui me semblent pas mal pour lui : *One Love* de Bob Marley et *Le Sud* de Nino Ferrer.

– Tiens, voilà pour toi… Je t'en ai préparé deux.

– C'est quoi ?

– Une chanson de Bob Marley. Tu connais ?

– Oui, oui, bien sûr.

– Et une de Nino Ferrer.

– Lui, je connais pas.

– *Les Cornichons* ? *Le Téléfon* ? *Mirza* ? Ça te dit rien ?

– Ah si…

– *Le Sud* est une très belle chanson, tu verras.

– D'accord…

– Tu as commencé à pratiquer les barrés avec mon père ?

– Oui, un petit peu…

– Ben, tu verras, tu as de quoi t'entraîner.

– Tu veux bien me jouer une fois un morceau pour que je te regarde faire ?

– Si tu veux…

D'abord, je déchiffre avec lui lentement les accords du *Sud*.

– Tu commences par un *do*. Tu sais comment faire ?

– Je mets mon doigt sur la première corde de la troisième frette. Comme ça…

– Parfait. Ensuite, on a un *mi* mineur.

– Euh, là, je sais plus…

Je décortique le morceau en lui montrant chaque note. Puis je commence à jouer avec le rythme voulu et je chante en même temps. Puis je le reprends beaucoup plus lentement pour qu'il enchaîne avec moi. Lorsque nous l'avons répété plusieurs fois, je m'arrête.

– Qu'en penses-tu ? C'est pas très difficile…

– Je vais m'entraîner tous les jours.

– Ah, ça, c'est la clé de la réussite ! C'est mon père qui le dit !

– Je sais…

– Ton instrument doit devenir ton ami.

– Comme pour nos parents ?

– Pas forcément… eux, ils sont professionnels.

– Ma mère ne lâche jamais son violoncelle à la maison.

– Mon père, c'est pareil. Il teste toujours de nouveaux morceaux. Quand il n'est pas à vélo…

– C'est quand même étonnant, dit Ugo, nos parents musiciens sont tous les deux passionnés de vélo.

– Oui, j'avoue, des musiciens sportifs, ça court pas les rues.

Je me lève et vais chercher du jus de fruit dans le frigo. Je reviens avec deux verres et la bouteille.

– Tu en veux ?

– Oui, s'il te plaît.

Je le sers. Il semble vouloir me dire quelque chose.

– Je peux te demander un truc ?

– Oui, bien sûr !

Il se tait de nouveau.

– Je… je… je…

J'attends qu'il aille au bout de sa phrase.

– Tu pourrais me jouer un autre morceau ?

– Euh, d'accord.

J'attrape mon ukulélé.

– Tu connais Radiohead ?

– Oui, un peu.

Je réfléchis quelques secondes et commence à jouer *No Surprises.* Le riff du début qui est si beau. Puis j'enchaîne sur les couplets. Ugo se rapproche de moi. Quand soudain, je sens de la chaleur dans mon cou. Je sursaute.

– Hé ! Tu fais quoi ?

– Je voulais juste te… te voler un baiser, dit-il, penaud.

Je suis écarlate.

– Mais qu'est-ce qui t'arrive ?

– J'avais envie…

Je le regarde hallucinée.

– Mais enfin, Ugo, on ne vole pas un baiser !

– On fait comment, alors ? demande-t-il d'une voix contrite.

– On demande !

Il se lève, il marche vers la fenêtre. Il s'arrête. Il ne bouge plus. Et maintenant, j'ai des palpitations.

– Si je t'avais demandé, ose-t-il enfin dire, tu aurais été capable de me foutre une baffe.

– Mais non, pas du tout ! je m'indigne.

– J'ai pas su comment faire…

Il fait volte-face et me regarde tristement. Puis il se met à marcher nerveusement dans la pièce en se triturant les mains.

– Je suis désolée, Zoé.

– Ça va, c'est bon…

Son visage s'assombrit.

– Ça va, je te dis, ça va, t'inquiète, je répète.

Et pourtant, intérieurement, je suis tremblante. Tourneboulée.

– Zoé, il faut que je te parle…

– Oui ? je réponds, la voix pleine d'inquiétude.

– Je suis tombé amoureux de toi. Le premier jour. J'avais jamais vu une fille comme toi. Aussi belle… Je me suis dit que tu devais être géniale.

– Mais tu m'as dit tout l'inverse ! je m'écrie, stupéfaite.

– Je sais.

– Tu ne m'aimais pas, je t'insupportais…

– Je sais…

– …

– Je fais tout à l'envers, tu es au courant depuis le temps non ?

Je sais évidemment tout ça. Mais je ne sais plus quoi penser.

– Je peux pas, je lui dis enfin.

Son regard est plongé dans le mien.

– Je peux pas, je répète.

– Pourquoi ? demande-t-il d'une voix fragile.

– J'ai pas la place pour ça. Pour le moment.

– C'est-à-dire ?

– Ça ne veut pas dire que rien n'est possible…

– Alors, toi aussi tu ressens tout ça ? Je ne rêve pas…

Je baisse la tête. C'est difficile. De lui répondre. De lui raconter ces petites choses que j'ai ressenties peu à peu. Un étrange petit ébranlement intérieur. Non, je ne peux pas lui dire.

– Mais là, aujourd'hui, ce n'est pas possible. Ce n'est pas contre toi… j'ai besoin de temps.

– T'as besoin de temps pour être sûre ?

– Non… j'ai des choses à régler avant. Ça n'a rien à voir avec toi.

– Ah…

– Mes grands-parents.

…

– Les revoir, c'est pas simple.

– …

– J'attends ces retrouvailles depuis si longtemps, mais là, aujourd'hui, j'ai peur. J'ai peur de les retrouver vieillis, j'ai peur de les serrer dans mes bras, de parler avec eux, j'ai peur d'aller sur la tombe de ma mère. J'ai cru que j'étais guérie, mais en fait, non, je ne le suis pas.

Les mots se coincent dans ma gorge.

– C'est pour ça que je ne peux pas…

– Ne t'inquiète pas, je comprends.

– Tu ne m'en veux pas ?

– Non, non… Pas du tout.

Nous restons ainsi, un moment immobile. Puis il murmure à mon oreille :

– Tu veux bien chanter encore pour moi ?

Je me redresse. J'éloigne ma chaise et je le regarde. Je m'éclaircis la voix. Puis j'attrape mon ukulélé.

– D'accord…

Je recommence à jouer *No Alarms, No Surprises* de Radiohead. Puis j'enchaîne sur *Creep*. Je chante, je laisse ma voix s'élever, mes doigts courent sur les frettes, j'enchaîne les accords, *sol, si, si, do, sol, si, si, do*, je ne veux plus penser et je chante. *But I'm a creep, I'm a weirdo, what the hell am I doing here ? I don't belong here…* La musique chasse ma tristesse. Le chant balaye mes idées noires. À peine je termine *Creep*, je commence un autre morceau de Radiohead, *Karma Police*. Je ne suis plus avec mes absents, je suis dans le présent. Je pense à ce que mon père me répétait lorsque je débutais le ukulélé : « La musique peut nous sauver. » Et je songe à la chance que j'ai d'avoir ce petit instrument contre moi.

40

Nous avons plié bagage trois jours après la Fête de la musique. Mon père a réussi sa mission. Son projet d'orchestre de ukulélés prend forme et il a eu beaucoup de succès avec sa petite formation. Nous ne déménagerons pas cette année. C'est une très bonne nouvelle !

Nous sommes partis à la montagne. Mon père a mis la vieille tente de camping dans le coffre pour que nous y dormions quand nous serons chez mes grands-parents. Il m'a dit vouloir dormir dans le champ où il avait passé ses premières soirées avec ma mère. J'ai fait mine de le croire, mais ce n'était pas l'unique raison. Malgré la réconciliation avec mes grands-parents, il ne tenait pas à dormir sous leur toit. De mon côté, la cabane en toile m'est apparue comme un bon moyen de se protéger du trop-plein d'émotions qui nous attendait.

Nous avons roulé pendant plusieurs heures sans échanger un mot. J'écoutais de la musique dans les écouteurs, mon père préférant la radio. Nous pensions forcément à ce qui nous attendait et nous avions le trac tous les deux. La voiture nous a portés de col en col, jusqu'au village de ma mère. Mon front collé contre la vitre, j'essayais de reconnaître ce qui était autrefois le décor de mon enfance. Et c'est seulement quand nous avons franchi le panneau indiquant le nom du village que j'ai senti que j'étais chez moi. Un chez-moi qui a été mon territoire des jours heureux.

Mais maintenant, c'est fait.
Et ça n'a pas été facile.

Mon grand-père ne parle presque plus. Il reste assis tout le temps dans son fauteuil.

Il n'est plus celui qui me portait sur ses épaules et qui m'apprenait à jardiner à ses côtés.

Ma grand-mère a beaucoup pleuré. Ça coulait et ça coulait, comme un torrent à la fonte des neiges. Elle n'arrêtait pas de parler, elle en avait besoin. Tous ces mots enfouis pendant ces longues années de rupture, il fallait les sortir. Mais c'était étouffant par moments. Et j'allais me tenir dans le silence de mon grand-père, serrant sa main rêche dans la mienne. Ses larmes, à lui, restaient tout au bord des paupières, comme si elles n'osaient pas plonger. Ses phrases étaient rares. Mais il y en a deux qui résonnent encore dans ma tête : «Tu es mon bonheur» et «Je suis si heureux de te voir.» Ces mots ne quittent pas mes pensées. Il m'a tellement manqué.

Et puis, il y a eu la visite au cimetière. En procession. Comme un jour d'enterrement. La tombe de ma mère est entourée par une petite rambarde en bois, comme les autres du cimetière. Elle donne sur la vallée et ça me réconforte. Cet espace devant elle, c'est un vent de liberté. La tombe est couverte de plantes, ma grand-mère doit venir souvent pour s'en occuper. Mais j'ai remarqué une ribambelle de petits cœurs en cailloux disposés sur la tombe. J'ai regardé ma grand-mère :

– C'est une idée de ton grand-père. Quand il y a un coup de vent, je viens remettre de l'ordre et j'en fais de nouveaux.

J'ai ramassé alors à mon tour des cailloux. J'en ai donné quelques-uns à mon père. Puis nous avons dessiné nos cœurs. Pour maman.

Après cette première visite, j'y suis allée tous les jours. Seule ou avec mon grand-père en fauteuil roulant que j'ai poussé tout le long du chemin. J'ai passé de longs moments assise sur la pierre tombale. J'ai beaucoup parlé à ma mère.

Au bout de quelques jours, on a repris la route pour la cabane. Mais nous reviendrons les voir une nouvelle fois dans l'été.

– C'est trop important, je dis à mon père. Je ne veux plus les perdre.

– Tu as raison, ma Fifi. Je ne referai pas les mêmes erreurs.

Le départ a été dur. On s'est embrassés très fort. On avait très peur, je crois, que ça se passe comme la dernière fois et qu'on ne se revoie plus pendant des années. Cette fois-ci, mon grand-père a vraiment pleuré.

Pourtant, je me sens plus légère.

J'ai l'impression d'avoir vécu pendant des années avec un seul bras et une unique jambe. J'ai des vagues de tristesse qui remontent par moments, mais il me semble que je suis un peu plus entière.

41

Lorsque nous arrivons au pied de la montagne, nous garons la voiture comme d'habitude au bout du chemin communal. Puis nous prenons les sacs à dos et nous montons vers la cabane perdue en haut de l'alpage. Nous longeons le torrent pendant un bon moment, puis arrivés en haut de la butte, la cabane apparaît enfin. Nous allons vivre sans aucun confort, pendant un mois. Mais la liberté des alpages est plus forte que tout. Et rien que pour ça, j'adore y revenir.

Quand nous ouvrons les volets, une pluie de poussière s'envole. Mon père sort les matelas et les dépose sur la roche brûlante. Puis il se tourne vers moi :

– Je te laisse donner un petit coup à l'intérieur ?

– D'accord.

Puis il descend avec la carriole jusqu'à la voiture pour la vider. La citerne d'eau de pluie est presque pleine. Il a dû pleuvoir peu de temps avant notre arrivée. Je remplis plusieurs seaux puis je renverse l'eau à même le sol. J'ôte mes chaussures et je commence à frotter les gros blocs de pierre du sol à la brosse. J'enlève la poussière sur les étagères. Puis j'ouvre la grosse cantine en fer d'où je sors les ustensiles de cuisine pour les déposer sur les planches des étagères. Pendant que le sol continue de sécher, je donne des coups sur les matelas avec une raquette à tapis pour les aérer. Ainsi, comme chaque fois, il nous faut plusieurs heures pour nous installer dans ce tout petit espace.

Mais cette année nous partagerons notre repaire avec Ugo et Élisa. Mon père et Élisa ont prévu de faire beaucoup de vélo, mais aussi de préparer un concert. Ugo m'a dit qu'il prendrait son ukulélé et qu'on pourrait jouer ensemble. Ils arriveront après le passage du Tour de France, parce que ça, c'est sacré, c'est une histoire entre père et fille. Et je suis contente que mon père ait respecté cette tradition qui nous unit.

Lorsque mon père est de retour avec toutes nos affaires, il repart tout de suite ramasser du petit bois pour la cheminée, parce que, même en plein été, il arrive que les nuits soient froides. Pendant ce temps, je grimpe plus haut, espérant avoir un peu de réseau pour répondre à Gloria qui m'a envoyé un SMS pour m'annoncer deux bonnes nouvelles. La première : elle n'ira plus au Pio, ses résultats sont excellents et les médecins sont confiants pour l'avenir. La seconde : ses cheveux poussent, elle retrouve ses boucles et elle a enfin embrassé Achille.

Je m'assieds sur un rocher face au soleil. Je profite de la 3G pour faire un tour sur Instagram. Gloria a posté une nouvelle photo. Deux mains qui se serrent.

Moi. Toi.
#amour#lavieenfin#moncœurquibat#

Après avoir répondu à Gloria, j'écris à Ugo. Je ne voulais pas lui écrire avant d'y voir plus clair. Mon SMS est un long message que j'ai mûri pendant plusieurs jours, c'est presque une lettre :

Ugo,
Ça y est. C'est fait. C'était beau. C'était triste. C'était joyeux.
Nous avons tous beaucoup pleuré. Même mon père. Ma grand-mère est une petite dame toute ridée. Elle ne lâchait pas ma main. Elle m'a dit qu'elle était douce. C'est la deuxième personne en peu de temps à me dire ça. Mon grand-père ne quitte pas son fauteuil roulant. Il ne parle pas beaucoup, mais ses yeux brillent. Il m'a montré la photo qu'il garde toujours sur lui dans la poche de sa chemise. C'est une photo de ma mère et moi. On porte la même robe à pois. Sur la tombe de ma mère, j'ai dessiné un cœur avec des petits cailloux. Je me sens libérée, je crois. Je retournerai voir mes grands-parents cet été. Mais cette fois-ci, j'aimerais y aller sans mon père. Je ne le lui ai pas encore dit… Tu voudrais bien m'accompagner ? On pourrait y aller en car et on camperait dans la prairie derrière leur maison.
Je t'attends…
Zoé